泥脚印儿

徐连云◎著

河北出版传媒集团
花山文艺出版社

图书在版编目（CIP）数据

泥脚印儿 / 徐连云著. —石家庄：花山文艺出版社，2012.3

ISBN 978-7-5511-0427-2

Ⅰ.泥… Ⅱ.徐… Ⅲ.散文集—中国—当代 Ⅳ.I267

中国版本图书馆CIP数据核字（2011）第279503号

书　　名：泥脚印儿
著　　者：徐连云

书名题签：姚俊卿
责任编辑：张采鑫
责任校对：李　鸥
插　　图：常景涛
封面设计：景　轩
美术编辑：胡彤亮
出版发行：花山文艺出版社（邮政编码：050061）
（河北省石家庄市友谊北大街330号）
网　　址：http://www.hspul.com
销售热线：0311-88643226/32/24/28/29
传　　真：0311-88643225
印　　刷：大厂回族自治县正兴印务有限公司
经　　销：新华书店
开　　本：710×1000　1/16
字　　数：220千字
印　　张：17
版　　次：2012年9月第1版
2012年9月第1次印刷
书　　号：ISBN 978-7-5511-0427-2
定　　价：28.00元

乡村路，带他回家（代序）

□ 赵培光

作为连云的朋友，我比一般读者幸运。换言之，除了他自己以及二三至交，再没有什么人比我更完整、更系统地翻看《泥脚印儿》的书稿了。所谓幸运，不是指优先，而是指缘分。譬如：去超市采购，早进入未必得意，晚进入未必失意，重要的是买没买到中意的商品。

好书之人垂涎于佳作，是无止境的。我逛书店或书摊，常常被撩得心慌，不掏钱则属于清醒了。连云的文章，我编发过一些，当时不觉着怎么稀奇；这回，他把文章汇集在一起，让我有了突发性的眼馋心热，控制不住自己的好奇和观赏欲，只能乖乖地一睹为快。

果然，一睹……为快！

接收书稿的当口，出于兄弟真诚，我曾经向连云建言献策，至少换一个稍稍时尚的书名。直至我把书稿读懂弄通，我忽然意识到，我犯了许多人习惯于犯的错误——以貌取人。他说得多么透亮，又多么坚定：泥脚印儿，是昨天对今天的诉说，是今天对昨天的回望……

粗略算起来，连云在城市的生活已经超出了他在乡村的生活，时间流转，空间变幻，却始终没法更新他的生存与生命价值。难解难分，是岁月饶过了他，还是他绕过了岁月？那片乡土、那些乡亲、那刮不尽的乡风、那下不完的乡雨，塑造了怎样一个顽皮、顽强乃至顽固的男孩与男人，即便隔去了十年、二十年乃至三十年，依旧不渝的志趣，依然不老的情怀！

是谁说过的呢？城市是相似的，而乡村却各有各的不同。南开大学毕业后，连云主动放弃进京机会，选择了离家最近的省会长春。在电视台做记者，终究是特权阶层，虽未上九天揽月，下五洋捉鳖，该走的地方走了，该享的福分享了，爱恋的乡村与乡亲，永永远远。在他的笔底，尽是些整鱼、冬捕、编炕席、玩爬犁的少年记事，尽是些姥爷、奶奶、姐姐、二哥、狗剩子、老地主的少年回忆。任何一件事，任何一个人，只要在他的心上电影一般放映着，就会不断涌出苦乐。哦,我不免生疑，这个可谓资深的新型城市人，怎么会视巨楼林立、川流不息、灯红酒绿、纸醉金迷的现代文明而不见，专门去打捞乡村往事的碎片呢？

我曾经做过三年知青，对三十年前的乡村和风里土里的大人、孩子有所了解，有所认识。读《泥脚印儿》时，我情不自禁地在记忆中寻找对应的“喜凤”、“珍儿姐”、“小哑巴”、“大臣子”等等。还有“读大书”、“买字典”、“住宿”、“拉磨”所有的事情，历历如在眼前。我喜欢这些乡村人物，时常想去见见他们；我喜欢这些乡村琐事，甚至想停薪留职去那里教书。想到如此痴迷的程度，便不顾及夜深给可能正在酣睡的连云打手机，他居然接听了，居然告诉我刚刚从乡下的姐姐家出门。我有些兴奋，说又去姐姐家吃李子啦，那边说改天带你一起来。两个人之间的话，只有两个人之间听得明白，一定是喜不自胜或者接近喜不自胜了吧？

与连云交往相对频繁之后，我私下里断定，连云的理性与沉静适合做学问，他的博士论文《梁启超的文学活动及外来影响》就很让我钦佩。《泥脚印儿》从另外的角度袭击了我，使我不得不返过身来刮目相看。不是吗？许多作家，在叙写旧事的时候，往往跳出了角色，从“蓦然回首”的高度搜寻与打量，实际上已经“物是人非”或“昨是今非”了。连云不，他写旧事就是旧事，不蔓不枝，不云不月。这一点，在包装与美饰泛滥的当今时代，何其珍贵。有意思的情形是，妈妈住院期间，他把自己那些回忆性的文章打印出来，请姐姐和弟弟一篇篇地念给她老人家听。有出入的地方，妈妈及时叫停，纠正或者辩解。能用文章帮妈妈回忆，善莫大焉！

除去“人生感悟”这个单元，连云用四分之三的笔墨写的全是乡村，至少与乡村有关。尽心尽力，尽情尽意。如此倾情于东北乡村的作家，现实中为数不多，我只是联想到早期的萧红。同样写乡村风貌风俗，不同的时代，不同的人物，不同的色彩，不同的气息。对，《泥脚印儿》散发的气息，那么清新，那么浓郁，升腾在上个世纪后半叶的乡村，化作美丽的云，在天空上飘逸、荡漾……

“一缕清风，一丝魂”，城市里的连云，活得有声有色，有滋有味，我不免暗中视他为榜样。却原来，春花秋月，虚名浮利，并没有淹没他的生命追寻。一串串芬芳的泥脚印，远在乡村，近在心头。

乡村路，带他回家!

2012年5月18日

目　录

第一辑　成长印记

第二辑 好友亲朋

第三辑 求学之路

第四辑 人生感悟

第五辑 村落传奇

第一辑

成长印记

泥脚印儿

大学入学的时候第一次去北京，故宫的大墙把我惊得目瞪口呆：这家伙竟然比我家的房子要厚上好几倍呢！

这一比较，颠覆了我固有的大与小的概念，也在心中揣摸出了农村与文明和财富的距离。

在此之前，我行动的半径只在家与县城之间，欣赏到的最大文明成果就是县城里唯一的一栋4层的居民楼，但那也是需要烧坑取暖的土楼。

没有比较的生活是困苦的——

每天过着食不果腹的日子，一旦遇到大米饭炖大豆腐，会撑得好半天弯不下腰。

经常体会衣不遮体的窘困，几年换件新衣裤，要乐得手脚不知往哪里放。

没有比较的生活是快乐的——

鞋掉底儿了，拿根麻绳缝上，继续和小伙伴玩打仗游戏；衣服湿了，脱下来拧干，仍然背起书包去上学。

如果永远没有比较的机会，我会前仆后继地为改变困苦的生活而仍然趴在垄沟里找豆包；如果永远没有比较的机会，我能按部就班地向喝大酒耍小牌的日子寻求快乐。

但一切都在比较中颠了个儿，一切都在努力中变了样儿。生活常常是快乐的，精神有的时候是困苦的。

我去过全国所有的省份，算得上是饱览了祖国的大好河山；我到过世界的几大洲，说得上是欣赏了地球上不同的文明。但闲暇的时候，我仍然喜欢回头望去，看看身后属于自己独有的生活经历，看看值得自己玩味的泥脚印儿。

泥脚印儿，是昨天对今天的诉说，是今天对昨天的回望……

忆 童 年

我记事儿的时候，社员还都能以生产队为家，每个劳力挣的工分基本上能换回全家一年的吃穿，日子清苦中充满欢乐，村子里的人丁也就自然兴旺。

每当听说哪家新生了孩子，我就缠着爹妈追问孩子是从哪里来的。刚开始的时候，大人们还打岔，想把这个答案含糊过去；后来见我实在难缠，就告诉我说，孩子是刨粪堆的时候刨出来的，谁拣着归谁。得到这个回答，我就在当年开春备耕的时候，坚持跟着大人到队里的粪场，细心地看社员们有没有刨出孩子来。我的举动引来所有社员新奇的目光和开心的笑声。

白天去找小孩，晚上就去队里的会场凑热闹。

那时候生产队每天晚上都开会，开会的主题也只有一个，批判历史反革命、土匪刘兴月。别看刘兴月现在是个毕恭毕敬、见人就笑的老头儿，但年轻时可是远近闻名的土匪；听说他每只手拿支匣子枪，能同时打掉树上的两只鸟。

批斗的程序也是一样的，刘兴月胸前戴个大牌子，在台上低头认罪，屁股撅起的高度要超过头才算合格。之后队长开始念毛主席语录，中间社员要喊口号。刘兴月只能一个姿势一动不动，直到批斗会结束。

有一天，队长正在讲话，台上的刘兴月突然忍不住了，“咣”的一声放了一个很响的大屁，整个会场里都听得清清楚楚。大家立马哄堂大笑起来，连队长也乐得腰弯得和刘兴月一样了。接下来，队长在大伙的笑声中宣布，由于刘兴月积极配合改造，从即日起摘下历史反革命的帽子。刘兴月激动得直接跪在地上给队长磕头，给大伙磕头。

虽然不用挨斗了，但刘兴月的身体被折腾垮了。没两个月他一病不起，只是躺在炕上说胡话。但他的胡话一点儿都不反革命，只是说好啊，好啊，好啊。挨批斗的时间太久，他已经把不许乱说乱动的概念带进潜意识里了。没几天，熬不住的刘兴月去世了。

孩子是从哪里来的这个问题还没有弄清楚，我又真切地面对人之生死了。

看到刘兴月的死和他的家人悲伤的样子，我突然想到，自己的父母是不是也会死去？如果他们死了，我该怎么办呢？这回没有去问父母，只是有的时候想着想着就会悄悄地哭泣，即使父母发现了追问，我也坚持不告诉他们原因。

由于年龄太小，身心还经不起生与死这个重大课题的叠压冲撞。

背负着这个沉重的问题，自己在不知不觉中长大了。

我从哪里来？

前几天回老家参加叔叔孩子的婚礼，叔叔送给我一份家谱。

回到家里翻看一会儿，睡不着。突然想到一个问题：我是从哪里来的？难道一个精子和一个卵子真的就能造就一个有声有色、充满个性和活力的生命吗？想着想着，心跳加快，血往上涌。我赶忙起身去喝水，强迫自己不再思考这个问题。

有些事儿永远没有正确答案，想久了会让自己的神志脱离正常的轨道。

我家属于县城东边有名的大家族。

据老人们说，我爷爷的爷爷哥俩儿身无分文地从山东蓬莱来到离县城二十里的山脚下，白天给地主家打工，晚上收工了就拣石头垒房子。苦干了几年，还真成功了。二人不但有了房子，有点儿积蓄，还都混上了媳妇，可以坦然地传宗接代了。

勤劳也是一种习惯。二人没有安于两亩地一头牛、老婆孩子热炕头的生活，继续不分白天黑夜地忙碌。每当攒点钱，就用来买地。开始是给地主扛活，后来当上了地主。到我爷爷的时候，也就是解放前夕，从县城一直到四十五里之外，大部分的土地已经被买来了。

中国的地主有一个最大的特点：抠。

农忙时，家里给自家的劳力和长工短工们做最好吃的饭菜，让大家吃饱吃好。而家里的妇女孩子、老弱病残只能吃粗茶淡饭，最奢侈的食物是把劳力们啃过的骨头砸碎，取出骨髓熬的汤。

奶奶给我讲这样一个故事。全家几十口人实在忍受不了常年见不到油腥的日子，在大当家的出门的一天，大家大着胆子从粮仓中取出黄豆换来肉和白面，欢天喜地地包起了饺子。由于情报不准，饺子还没下锅，大当家的回来了。情急之下，有人把一瓢黄豆撒在门外的大道上。大当家的看到地上的豆子，心疼得直掉眼泪，一边大声叫骂，一边细心地拣地上的豆子。当拣完回到家里时，饺子吃没了，家人嘴上的油腥也擦净了。大当家的很有成就感地就着咸菜啃起了窝头。

家里的老人们常说，买吃的不如买穿的，因为穿在身上的外人可以看见，而吃到肚子里的没人看见，只要自己不饿就行。老人们还说：攒啥不如攒地，地谁也搬不走，其他的只能是不保准的浮财。

这第一条，他们严格地做了，几代人都对不起自己的肚子。

这第二条，他们想错了，解放之后土地被分了。

我出生之后，除了爹爹有时要去被批斗，分粮分物要靠后之外，渐渐没了地主富农和贫下中农的区别了，大家在一个起点上过着自己的日子。长辈们给孩子讲过去的辉煌，只是快活快活自己的嘴，炫耀一下曾经有过的荣耀的时光。

有时也还想我从哪里来的问题，也上网查过同姓的网站，里面充斥着和我一样的疑问，就是没有答案。

再看看佛教的书籍，有答案，但说服不了我。

索性不想了，累心。

烟民自述

每到秋天，自家园子里的庄稼和蔬菜收完之后，几乎家家都要搭一个晒烟的烟架。

把掰下来的烟叶的根部并排地夹在一根绳子里，把几根这样的烟绳儿的两端固定在两个木架子上，从而让烟叶最大限度地受到阳光的照射，以便干燥后收藏。

刚开始烟叶是绿的，村里只是多了一道好看的风景。等烟叶泛黄的时候，一股特别的香味飘出来，让你不得不靠近了俯下身去闻一闻。越是不吸烟的人，这种诱惑越强烈。所以长期生长在农村，要想抵挡烟草香味儿的诱惑是一件困难的事儿。村里有个比我小几岁的小姑娘，趁父母没在家，登梯子坐在棚上的烟垛里开抽。小孩子容易走神儿，火星掉在烟垛上也不知道。烟没等抽完呢，房子烧没了。

我第一次抽烟是9岁的时候，但抽的并不是烟。

每天下河玩水，冷了和疲劳了的时候，大孩子们便去草丛中拣一种干黄的草叶，回来搓碎卷在纸里抽。几次之后，自己便在好奇心的驱使下也开始抽起来。等后来抽上真的烟草，味还真的差不多。后来大人们说，那种草叫老牛错，大人们没烟的时候也抽。

狐狸再狡猾也只是狐狸，怕出事儿怕出事儿还是被妈妈发现了。两个脆响的大嘴巴让我再看见烟的时候就像听见了响声，不敢再有邪念。直到上初中，几个小烟民再劝也不动心。

上高中的时候，一个同学的爸爸是木材公司的经理。他家离学校很近，而且专门有一间房子是留给我们用的。学得烦了，就去同学家坐会儿，听大家闲扯淡。房间里永远有一个烟笸箩，而且总也不会空。大家抽我也跟着尝，反正妈妈不在这儿。但一直没抽出瘾来。到大学也是开始时跟烟民们蹭，后来自己也买，不过是为了还人情。但还是有的时候抽，没有的时候就忘了。

到了单位，当时我住的宿舍是单位的机房，无论冬夏，晚上7点准时锁门。望着窗上的铁栏杆，没有电视没有广播，心里极度无聊，便试着重操旧业——抽烟。

这一回一发不可收了。每天口袋里没烟，日子就没法过了。记得有一次是有烟没火，烟就是抽不到嘴。越是抽不到的时候就越想。最后我把电热杯拆开，用里面的电阻丝把烟点着了。

抽烟不但能够排解寂寞，也给我带来了好处。由于常常和生人交往，手里有烟的时候心里会轻松很多，所以烟成了一层保护膜。

随着年龄增大，我的烟量也越来越大。气管和肺成了担心的目标，戒烟对我来说又像天方夜谭一样难。

希望所有的人都不吸烟，尤其是孩子们。

整　　鱼

我们家住的地方有一个特别的名字，叫兰家网。

抗战时期，日本鬼子为了管住百姓，困死抗联，让分散居住在山里河边的各家各户必须归拢到一起居住，这叫归屯。归屯之后所以村名上有个网字，是因为村民大部分都是曾经分散在江边居住、以打鱼为生的农民。由于这里鱼类繁殖的速度远远高于人们捕捞的数量，所以棒打兔子不容易，瓢舀鱼则是一点儿不夸张的现象。

这里的打鱼方式现在不多见了，叫搬鱼。

在江边选一个窝风向阳的位置，用木料搭一个很大面积的网座，用横竖多个木杆支撑着一张正方形、边长有10米左右的大网，用手动的办法通过木杆和绳索把网放到水里，每隔10分钟左右用同样的办法把网拉上来。几乎网网都有鱼。从春到秋，一些老年人还用归屯之前的办法，在网边搭个小地窝棚，吃住都在江边。孩子们每天或隔一两天来送上米盐给老人吃，带走鱼回去卖。

当时我还只有十多岁，弄这些东西，一没能力，二没时间。但整鱼是有趣又解馋的好事儿，我们当然不会坐江观鱼，更不会无所作为。一年四季，我们都泡在江边，用自己的办法把鱼整出江来，混到嘴里。

春天的时候，我们用线网打川丁子。

每年农村种苞米的时候，正是川丁子咬汛期，也就是交配期。川丁子身长20公分、体型像鲅鱼。它有一个突出的特点，就是在交配期一律逆水而游。正是抓住这个特点，我们带上线网和手电，在夜间来到水浅的江面，撒网捕捞。几网下去，就会打到上百条大小一致、看着漂亮吃起来香的川丁子。

可惜的是，这种鱼的交配期是在短短的几天内完成的，过了日子就逮不到它们的踪影了。但这并不会令我们失望，因为再过几天，我们就开始夏天的钓鱼了。

俗话说，放长线钓大鱼。但我们的办法是放短线钓大鱼。

和现在钓鱼截然不同，我们的鱼竿是半米左右的细木棍，鱼线则是同样长度的细麻绳；而鱼钩，则要比现在用的大很多。我们把用这种方法钓鱼叫下夜钩。到了室外能露宿的季节，我们每人带上十几把这样的鱼竿，在每个鱼钩拴上小青蛙或者是小泥鳅，找一段江岸，每隔一两米就把一根鱼竿插在江边，插好后就找个窝风的地方睡觉。早上天没亮的时候起身挨排儿巡视，几乎每晚不落空，而且钓到的准是一斤以上的鲇鱼。

秋天是庄稼收获的季节，也是鱼儿丰收的时刻。

江边是成片的稻田，入秋以后，社员们便开始放水晒稻，鱼便顺着水游进了下游一个个面积不大的水泡子里。到了泡子里，就相当于到了我们的嘴里。我和小伙伴们有一个百试不爽的捕鱼办法，那就是把水搅浑。

这些泡子都是泥底儿。我们大家一起脱光衣服，跳进泡子里便是一顿狗刨儿，不一会儿就会淤泥泛起，水被搅成了一锅泥汤。

这时候有两个抓鱼的办法。

一是顺着泥底用手摸。我们的扑腾声和泛起的淤泥让鲫鱼和鲤鱼无处藏身，纷纷躲进我们踩出来的脚窝里一动不动，丧失了逃生的本能。只要顺着泥地碰到它们，保证是手到擒来。

二是用抄捞子捞。鲫鱼、鲤鱼钻泥里了，鲇鱼和嘎牙子受不了，它们必须呼吸新鲜的空气。所以水浑了之后，只见泡子里有很多对称的两根小胡须在水面上直忽闪。拿稳抄捞子的把，照着胡须兜下去，至少是一网一条不断流儿。每年的这个季节，总有几天会弄到几十斤的活鱼，为全家的人解解馋。

生活在故乡的时候，我们都是用这种原始的办法整鱼，每年都有收获，每年都有期待。但上大学以后，曾经回家想和弟弟一道再过过整鱼的瘾。但到河边一看，有成片成片的死鱼。弟弟告诉我，近几年有人开始用电、药、炮等多种办法整鱼。这些办法是毁灭性的，一旦使用，不但会大小齐死，而且很难再生。看到这种情景，我和弟弟起身回家了。

我再也没去整鱼，辉发江也从此没了鱼。

冬　　捕

在所有季节中，冬天打鱼最费劲，但也最有趣儿。

一片银白把远山近水盖得严严实实，只有老树探出高傲的头，为大自然调整出对比鲜明的色彩。农村的冬天既不肃杀，更不寂寞。野鸡乌鸦还有成群的麻雀穿行在白与黑的世界，使得雪地被衬得格外生机勃勃。

一大清早，我们便头戴散发着腥味儿的狗皮帽子，脚穿长满褶皱的靰鞡鞋，拉着爬犁向封冻的水面走去，这是冬捕的诱人征程。

找块儿冰面，用木棍画上一个大圆，再围绕它画几个小圆，就是确定了位置。接下来，大家便分头拿起冰镩子，在画好的位置上依次打冰眼。冬天的冰有近一米的厚度，几个人轮流打，也要一个多小时才能把所有的冰眼打出水来。打一会儿，手闷子、狗皮帽子还有棉袄都被甩在冰面上，人的周身冒出蒸腾的热气，冬的概念在打鱼郎的身上消失了。

打完冰眼，捞出里面的碎冰，冬捕正式开始了。

最有力量和经验的人手拿抄捞子守在中间最大的冰眼旁边，其他人每人拿一个有很长木柄的木耙，我们叫它咕咚耙。用咕咚耙从小冰眼向中间使劲地搅动水面，发出咕咚咕咚的声响，目的是把鱼驱赶到中间大冰眼的附近去。

抄捞子就是安有长木柄的鱼网兜。站在中间冰眼旁的人要将它伸进冰窟窿，顺着顺时针的方向不停地搅动。冬天冰下的水里严重缺氧，再加上周围咕咚耙的驱赶，周边的鱼就都游到了大冰眼附近。随着抄捞子搅动形成的惯力和向心力，大大小小的鱼顺顺当当地进了网。

抄捞子搅动一会儿，便要向冰上倾倒一次进入网兜的鱼。直到附近的鱼都捞得差不多了，太阳也要落山了，我们才收拾工具回家。

冬天打鱼有很大的不确定性，有时选不好水面，会一无所获；而一旦选准了，也会大发横财。

记得是小学要毕业的那年春节，我和邻居的一个小伙伴在一条河汊子的拐弯处刚打了一个冰眼，鱼就像排着队一样向冰面上蹦。赶快回家报信，两位家长和我们打了两天，大大小小的各种杂鱼装了整整两麻袋，有400多斤。

后来大人们说，由于小河水浅，鱼都聚到了我们打的河湾深水处过冬，鱼多水少自然缺氧严重呼吸困难。也就是说，我们两个小孩是不小心闯进了鱼窝里。

冰雪体验

姐姐长年住在姥姥家，我就成了家里最大的孩子。当我记事儿的时候，学过几年木匠的爹爹给我做了一个冰车。冰车的做法很简单，就是刨两根长约两尺、边长两寸左右的木方。为了方便地越过冰面上的障碍，前部下方要各削一个斜面。把两根木方以一尺的距离平行地放在地上，然后在上面密密地钉上木板，一个冰车就做成了。

爹爹把冰车的前部拴上麻绳，一有闲暇便拉着我在冰面上使劲地跑。我盘腿坐在冰车上，双手牢牢抓住前面的两根绳，感觉十分舒服和快乐。再长大一点儿，爹爹又做了两根钎子，让我自己坐在冰车上，双手握住钎子，把嵌有铁钉的尖部戳在冰面上，再向前用力，推动冰车不停地前行。冰车玩累了，就跳下来抽冰猴。运动带来的是刺激和热量，让孩童们永不疲倦，永不厌倦。

年龄再大点儿，到了上学的年龄以后，冰车不玩了，因为它长得太矮，不具备越野功能。这时候我们便玩起了爬犁。

爬犁和冰车的原理是一样的，只是它比冰车要粗壮得多，而且安装了离地面一尺高的立柱。所以人坐爬犁，一是轻易不会碰到地面受伤，二是在冰上雪上都能行进自如，三是可以克服小的障碍。如果把冰车比做小轿车，爬犁简直就是大越野。

每到积雪把地面全部覆盖之后，我们一群小伙伴便每人拉着自家的爬犁，到村西北的一条山路上去飙。

之所以选择这条路做雪道，因为它有一里地长，坡度不太大。更过瘾的，是雪道的最下方路的拐弯处有一个一米高的小悬崖。因为有它，爬犁在速度最快的时候会顺势而下，要飞出两米左右才重新平稳地落到地面上。

我们比赛的方法是每两条爬犁同时下滑，先从悬崖上落到地面的获胜，胜者再和下一个选手竞争。没有什么奖励，但大家玩得认真投入，因为热情就在这游戏本身。

没有保护措施，又有几十迈的速度，难免有危险发生。

由于滑的时间长了，悬崖上面的雪都被蹭到了下方，露出了雪下的冻土来。有一次，由于不知道这个情况，我便像往常一样向下滑行，结果在露土的地方，爬犁突然遇到强大的阻力停住了，我却自己射到了悬崖下面。手先着地，蹭掉一大块皮，血呼呼向外涌。冬天受伤不疼。从棉衣服里拽出一块棉花止住血，比赛继续进行。

没有冰车和爬犁的时候，照样可以体验冰雪的乐趣。

拽一捆蒿草，垫在屁股下面，从高坡上向下滑，是最简单最惬意的玩法儿。由于蒿草摩擦力大，要选陡坡玩，因而也同样有危险。记得一位来自长春的五七战士的女儿见农村孩子玩得起劲，便也来尝试，结果因为操作不当而被草棍伤了眼睛，长大后还留下了明显的痕迹。

没有冰雪的体验，就不是东北农家长大的孩子。冰雪中的活动充满危险，也同样富于诱惑，它让人从小就体验到在付出了努力和代价后，充溢着自信和自豪的快乐。

编 炕 席

在东北，不管什么样的房子都有一个重要原则，那就是必须有取暖用的设施。城里人住高楼，把它安在门口窗下，让屋里的温度大致相同；农村人把它放在身下，火烙背后暖，风吹脸上寒。

城里人取暖的叫暖气片，农村人用的家伙叫火炕。

在锅灶靠近里屋的墙上挖个洞，在屋里砌上有四个通道、高一米左右、宽两米、长度不等的空心高台，就是炕了。每次烧火做饭，火在锅底燃烧，热量通过炕下的通道穿过，从西墙外的烟囱排出。在热量的流通过程中，炕面的泥坯被烧热了。由于这种坯吸热快、散热慢，所以晚饭烧火之后直到第二天早晨，炕一直是热的。但由于窗子和墙、顶棚等处的保温性能不好，所以常常出现炕还是热的，但屋里的空气是冰冷的，呼吸的时候吐出的水汽像要结冰了一般，脸也冻得像刀刮。

由于炕面是土坯的，当然要装饰一番才能睡觉。农村人一般是在坯面上均匀地铺上隔灰又保温的谷草，谷草上再铺上炕席，实用干净又好看的炕就成了。

实用是实用，但农村的炕绝大多数不干净也不好看，原因是炕席常常是破的。

炕席是农民就地取材，用高粱秸编成的。原料倒是不缺，但一领炕席一般要10平方米大小，既费工又费原料。再加上干惯了庄稼活的农民们并不太喜欢需要动脑又手细的活计，所以一领炕席要卖到能买两件衣服的15块钱，而且还要到公社甚至县里才能买到。买起来麻烦，价钱还贵，农民家一般是能不换就不换，实在维持不下去了，手里还能挤出点儿闲钱，才赶过年的时候买新的铺上，下次换又不知道是猴年马月。

我家有5个孩子，手抓脚刨用得特别费。炕席先是从关节处折断，然后越坏越大，没几天，整个炕的顶部就全露出了谷草。如果刚损坏时，大人有闲工夫，可以像补衣服一样用秫秸补上，坏得多了还可以用麻袋片、草袋片之类的东西缝上；再严重了，就只能把褥子铺在泥炕上，既脏又难看。孩子们的衣服还都补丁摞补丁呢，哪有心思买炕席，我家的至少有三年没换过。

放寒假没啥事儿，眼看要过年了，看着家里露土的炕来气，我就拿起脱离了整体的炕席角，仔细地研究起来。反正我也是闲人，能不能也编编试试呢？

知道炕席长得啥样，却不知道它是如何长成这样的。顺着每根篾子的走向细细地琢磨，先是了解谁挨着谁，啥时候分手，再攻破最后的难关——谁是起头的第一根。

老爹晚上收工回家，见我在炕上来回蹭，一会儿抠抠，一会儿又拆一块，当时火了，你败家啊！我说，不是爹，我学着编炕席呢！“你？”老爹用怀疑而蔑视的眼光看着我：“你可别祸害家里的秫秸啊，春天还得搭豆角架呢！”“那就给我一捆吧。”我说。

老爹没吱声。

没吱声就是没反对。

编炕席是挺麻烦的活儿。

把每根秫秸的皮扒掉，用一种特殊的工具把整根的破成三瓣儿，再放到水里浸泡一晚上。从水里捞出来，用快刀把芯削掉，这才是又薄又软的篾子。

生长在农村，却没怎么做过农活，压根儿不算庄稼人，这些活我当然干不好。皮扒得不干净，瓣儿分得不均匀，芯刮得不利索。不过这些都不重要，我只是要编出正确的样子，取得家长的认可。

现在想想，其实编炕席的技术含量并不是很高，只要细心研究，操作上别失误就可以了。整整忙活了四五天，还真的编出个炕席角来。

编筐窝篓，全在收口。不大的炕席角会证明我的能力。老爹回家后不看我了，拿着小角翻过来调过去，嘴角咧着不合上，眼睛眯成了一条缝儿。我说爹呀，再多点秫秸我就能编一个整个的，过年给咱家铺上。

秫秸敞开供应了。

吃了晚饭，也不省电了，妈妈破秫秸，姐姐用水泡，老爹干危险的活儿——用快刀刮篾子。一条条篾子送到我手，任我使用支配。四个人形成了一条流水线，我破天荒地成了主角儿。

还属于学习阶段，尤其是在角和边的位置，我要一面编，一面向旧的学习。4口人整整忙活了4个晚上，还真按家里炕的大小编成了一领新炕席!

当我收完最后一个角，妈妈早把炕上地下打扫得干干净净，碎成几段的旧炕席也早就扔到了屋外。

新炕席铺在土坑上，度数不大的电灯顿时显得格外明亮，炕席的每根篾子都使劲地折射着金黄色的光泽，让小屋里顿生光辉。这是我家多年没有的感觉了，年龄小的弟弟妹妹兴奋得在炕上跺脚拍手，父母在地下一会儿俯身摸摸崭新的炕席，一会儿仰头瞧瞧雀跃着的孩子们，再斜一眼站在一旁的我。我能读懂他们深藏在心底、流露在脸上的那份骄傲和自豪。

喜欢什么事儿我愿意一直做到烦。好在家人不反对，那年冬天一鼓作气地编了4领炕席。

除了一领自家用了之外，老爹背着另外3领到各村去叫卖。毕竟是孩子编成的，手上没劲，篾子靠不紧实，席角和席边也不可能齐整，所以老爹要价就是12块钱。贫穷的地方成交的优势是价格，半天工夫，老爹卸去负担，揣着36块钱的票子，乐颠颠地回来了。

长这么大，第一次给家里挣钱。

由于转年就住校了，编席子这活再也没干过。现在的农村也没人用这东西了，也就不用复习了。

唉，忘了吧。

傻　　子

城市里养的宠物狗越来越多。看到它们千奇百怪的样子，真想抱起来亲热一番。

但我从来没有这样做。

我很小的时候，家里养了一条大笨狗，名字叫傻子。其实它可不傻，而且聪明绝伦。

姥爷一个人独居在离我家四十五里地的地方，他特别喜欢傻子。爹妈为了让老人排解孤独，同意让他把傻子带回去。傻子被领走的当天，我情绪极其低落。因为它既是玩伴，又是守护者。和它的分别不亚于离开亲人一样令人难受无聊。

在郁闷中睡去之后，突然我被一片嘈杂声吵醒了。睁眼一看，傻子回来了!我高兴得赶忙跳出被窝，和它长时间地亲密接触，仿佛分别了很久很久。听妈妈说，傻子也想家，它一定是趁姥爷睡着的时候逃跑了。四十五里地，它要记得路，还走的是夜路。傻子傻吗?

有了被强行带走的经历，傻子的性格发生了变化。这个变化给它带来了噩运。

我们村不大，傻子几乎认识所有人。以前它虽然厉害，但见到村里人却很温驯友好，无论什么时候，大家都可以爱抚它、教训它，它却从不生气。但回来之后，傻子变得不太相信人，生怕再次把它带走。

一天晚上，已经睡着的我们听到傻子一阵歇斯底里的狂叫，接着便是一个孩子痛彻心腑的哭嚎。不用说，是傻子闯祸了。一个常来我家的玩伴从我家窗前经过，惊魂中的傻子追着他在腿上狠狠咬了一口。肉张开了，血流出来了，同伴也吓瘫了。不光是他，所有人都第一次看见傻子凶恶的一面。

在农村有个规矩，咬了熟人的狗是绝对不能再留的。第二天一早，爹爹就找绳磨刀。我和兄弟姐妹的哭声和求情根本动摇不了大人们的决心。情急之下，我一面唤着傻子，一面在前面使劲地跑，希望它跟随我脱离险境。但我的努力最终告于无效。傻子被逮住，先是尾巴上的毛被剪下一大把，烧成灰敷在受伤同伴的伤口上，接着便是让我不忍看见、也永远不想记起的一幕……

一位同事说，家里养的猫病死了，妻子把它埋葬了，而且常常去那个地方掉几滴眼泪。很多没有养宠物经历的人会笑这个妻子太傻太痴。但我深深地理解她的心情和感受，因为这也深深地刺激了幼年时候的我。

每当谈起宠物的话题，我难免要想起傻子，也决心永远不再养宠物。

养得起，离不起。

靰　鞡

历史上东北有三宝：人参、貂皮、靰鞡草。

近二十年里被人为地改成了人参、貂皮、鹿茸角。可以理解的是，东丰和双阳乃至长白山腹地的几个县市区都办起了鹿场，宣传鹿茸是发展经济的需要。在金钱是一切幸福的源泉的时候，其他东西靠点边儿是明智的。但我相信有一天这个鹿茸角还会改成靰鞡草，因为鹿茸角遍地能见到，靰鞡可是东北独特的文化符号。如果有人用辆轿车换顿饱饭吃，你虽然惊讶但能理解——肯定是饿急眼了。车送出去了要不回来，但靰鞡文化是谁也拿不走，只是暂时被主人忽视和冷落一段时间罢了。

家乡位于长白山的余脉上，山都不太高也不太陡，基本上是不难攀爬的缓坡。在朝向太阳的阳坡的树丛中，长着一墩墩像人的头发一样的草，这就是靰鞡草。秋天的时候把这种草割回家，摊在院子里晾干，之后用一个细柄粗头的木槌耐心地反复捶打，要一直打到像棉花一样蓬松柔软，这就是穿靰鞡的时候垫的靰鞡草了。这种草有好多的优点：先是柔软保暖，再是容易定型，三是被雪打湿后很容易烤干。正是因为有这么多的优点，即使后来不穿靰鞡，我们也在棉胶鞋里垫上靰鞡草，晚上放炕席底下一烙，第二天又温暖如初了。

说完靰鞡草，再说靰鞡。

靰鞡的制作是农村里一般人不会的手艺活儿。在我们村，只有一位上了年纪的猎手会做靰鞡，村里人管他叫肖皮匠。

每次生产队杀牛，牛皮都会让肖皮匠买走。肖皮匠买了皮革并不拿回家，而是把它扔到村边的泡子里，上面再压上防止皮革漂起来的几根木头。过个把月再把皮革捞出来，用皮硝熟制后再用稻草火烤干，之后才开始做靰鞡。

在我的记忆中，除了鞋舌头是后缝上去的之外，整只靰鞡是用一块皮革制成的。皮子是平面的，在鞋尖处像包包子一样地捏出许多褶皱，平面的皮革自然就变成了鞋形。再安上一块小皮革做舌头，鞋帮两侧对称地缝上几对绑绳用的皮环(我们叫靰鞡耳子)，一双靰鞡就算制成了。

把靰鞡穿好细麻绳，再扯一团靰鞡草，塞进靰鞡里之后像小鸟絮窝般地在草的中间膨出一个洞，把脚顺着这个洞伸进去，把麻绳系紧，再绑上绑腿，就可以在最冷的冬天里上山下河而不用担心脚下了。

靰鞡在农村售价比较高，农民们买它，是因为它是整块皮革制成的，十几年也不会损坏；再者就是有靰鞡草的保护，脚不会冻伤和扭伤。这样的优点，符合了东北冰天雪地的气候特点，也将就了几百年贫苦得近乎原始的苦日子。

游　　泳

啥叫游泳啊，我们就是去大河洗澡。

家离大河很近，不到二里地；村子附近还有很多我们叫做泡子的小水塘。只要天热了，只要放学了，就一帮哄似的奔向大河，奔向泡子沿，动作就像听到了上课的铃声而奔向教室，心情却比那迫切得多。

夏天的衣服单薄，上衣早已经搭在胳膊上，到了河边，只要把拎着裤带的手松开，两脚一抖，便脱去羁绊，一个猛子扎进河里。

我说的是大孩子，小家伙们可没这本事。

记得从没上学的时候开始就天天泡在水里，不会游泳，就在河边把两只手拄在沙地上，两只脚在身后上下打水。喜欢这样玩水，喜欢听扑通扑通的水声。

就这样玩着玩着，手慢慢可以离开沙地了；再试试，可以向前游动了。这就是会水了。农村的孩子个个是这样学会了游泳，只是这种游法有一个不雅的名称——狗刨。

记得刚学会狗刨之后便觉得自己无所不能，在手能够着河底的地方混开始不过瘾，便尝试着向深处游去。有一次游到深水的地方想站起来试试水深，结果发现脚够不着底再想浮起来游水的时候已经做不到了，只好一蹿一蹿地向河岸奔。尽管喝了几口水，但最后终于算是爬上了岸。如果再深点儿再远点儿，小命就画上句号了，想想就后怕。

害怕的还有妈妈。每年都有人在大河里丧命，我天天玩水让她担心。但家里好几个孩子，她顾不过来。为了让我减少泡在水里的时间，就规定每天必须采一大筐猪菜回家。我哪有心思干这个呀，只好在玩到天黑之后，匆忙钻进玉米地，东一把西一把地把筐填满。到家的时候，菜蔫得只剩下一半，只好用手使劲向上蓬起，让每根猪菜尽量占据最大的空间，从筐底儿升到筐沿儿的位置。小心翼翼地把菜筐拎回家，生怕受到振动，菜又沉到原来的筐底儿去。好在妈妈并不深究，每天都顺利过关。

在水里游的时间长了，水性就变高了，小伙伴们开始比赛，项目有三项，一是看谁游得快，二是看谁扎猛子的时间长，三是看谁跳水跳得好。

论速度我一直没得第一，第一次跳水因为是整个身体同时入水，让水把肚子拍得翻江倒海般地疼了好一阵子，所以再也不敢试。但扎猛子是我的强项，钻进水里，直到游出几十米之外才露头喘气，让所有的伙伴们望尘莫及。

历史学家说人是从水里来到大陆的，所以有爱水的天性。从学前到初中毕业，十年里的水上生活，过得非常开心。十五岁的时候，开始在外地上学，游泳慢慢变成了可有可无的运动了。

上大学的时候，选了游泳课，看着不会游泳的同学们笨笨呆呆地学习的样子，觉得真是好笑。游泳课少不过瘾，天热的时候翻墙去游泳，被打更老头发现就赶紧逃走。有一次一位同学在翻墙的时候短裤被刮个稀烂，只好趁着月色溜回宿舍。

参加工作以后，每天为了生计而奔波，再加上懒得出奇，所有的运动项目全部丢下了。一晃二十多年，突然觉得身体弱得经不起一点儿外界的变化，于是又想着锻炼身体。既熟悉又能增强肺活量的运动数游泳最好了，而且有几十年前的老底了，于是便选择了这项运动。

好汉不提当年勇。第一次下水，就让我深刻认识了这句真理般的话。

水一没到胸部，马上觉得自己呼吸紧张，唯一的愿望就是赶紧跳到岸上去，身边的同事们看了大笑不止。这样一来，游泳就变成了试水。连续试了一周之后，才能勉强游上几十米，每游完一段距离，便要痛苦地喘上一阵子。此后退缩过也间断过，但日渐糟糕的身体状况又逼迫我不得不把游泳当成是唯一可以选择的锻炼方式，于是坚持着从二百米到五百米，再到一千米，从每周一次到两次、三次。

现在每当进入池水之中，我仿佛又找到了童年戏水的感觉，同时也觉得周身的血液循环加快了，心脏的跳动也变得有力了，于是我又重新爱上了游泳。

游泳给我的童年带来快乐，也将为我的将来带来健康。

寄　生　虫

在农村，虱子是每个人都有的寄生虫，虮子是它的卵。虱子在吸血的时候让人奇痒难耐，所以抓虱子是最常见的情景。

每当夏日炎炎的时候，有些老人便搬了小凳坐在房前，脱下衣服慢慢地捉虱子。他们处死虱子的办法很多，最常见的有三种。第一种是发现了虱子，便把两个大拇指的指甲对准这个宠物，使劲地从两面挤向它，虱子立马被掐得肚裂血出，再也不能吸血害人了；第二种是把生有虱子的衣服的部位放到嘴里，用牙咬，在爆豆子般的咯嘣声中，众多的虱子虮子成片地毙命；第三种是虱子虮子实在太多的时候，人们就会找来平面的石板，把衣服摊在上面，然后用木棒反复地打砸。

虱子是人畜共有的寄生虫，而且繁殖能力特别强；不用说抓不净，而且是抓完了长，长完再抓。这种警察抓小偷般的游戏一直持续了几千年。

虱子长在身上，虽然小但可以抓到，抓不净也可以为自己受的苦出出气。但蛔虫却长在肚子里，让人毫无办法。

日出而作，日落而息，是农民们不改的习惯，主要原因是省了点灯熬油的钱。

一天早上天刚亮，刘大倔子便像往常一样起身。他坐在北炕上一边吃饭，一边美滋滋地看着南炕挨着排睡得正香的孩子们。看着看着，只见8岁的儿子杰柱翻个身，接着便喊肚子疼。大倔子和妻子赶忙围过去，想看看儿子得什么急病了。只见杰柱很快由捂着肚子哼哼变成抱着肚子满炕滚，把其他孩子都折腾醒了。

看到儿子这么难受，大倔子不能下地了，他背起孩子带上老婆就往辉发江南岸的部队医院赶。还没走出二里地，只见后背上的杰柱不喊也不折腾了，头也耷了下来。夫妻俩抱下来一看——死了。

农村家里孩子多，死一个痛苦一段也就忘了。刘大倔子不行。杰柱是老婆连生五个丫头之后的唯一一个男丁，怎么偏偏就死了呢？性格火爆的大倔子把儿子背回家，轰走众人，把儿子的肚子用菜刀切开，他想看看儿子到底咋死的。

切开之后大倔子傻眼了：儿子的胃被几百只蛔虫硬生生地啃出了一个大洞。本来只生存在胃和肠子里的蛔虫已经胀满了小杰柱的整个肚子，还在张牙舞爪地四处爬呢。大倔子明白了，一定是自己吃饭的香味儿让蛔虫们急得四处乱窜，才酿成了这个惨剧。

草　爬　子

小时候生活在长白山脉的半山区，家乡的村落依山傍水，风景十分优美。其实小时候感受到的并不是优美，而是多趣。上山可以采野菜，打山梨；下河可以练游泳，抓鲇鱼。如果在山上遇到一棵果实丰厚的梨树，几个小伙伴分工明确，有的上树打，有的下面拣，到了晚上每人都可以满载而归。把梨放在大缸里，上面盖上香蒿，半个月后就变得又软又香，又甜又酸，吃起来十分过瘾。在河里游泳累了的时候，大家在距水面一尺深的河床上掏几个和胳膊一般粗细的深洞，下次再来的时候，把手堵在洞口，里面经常有喜欢钻洞的鲇鱼束手就擒。伙伴们光着屁股拣些干柴，把鲇鱼蝲蛄一起在石板上烤熟，真是人间仙味呀。

山上河里的生活充满乐趣，也有两个危险，一是长虫咬，一是草爬子叮。

我们管蛇叫长虫。被长虫咬了之后，受伤部位会肿胀很长时间，据说疼得钻心。所幸当地长虫毒性不大，不会致命。

长虫的优点在于它也怕人，见人就躲。所以只要行动时小心点，就基本没有危险。但草爬子可是专门找人叮。

草爬子也有学名，叫蜱（音皮），是一种长得像半个黄豆一样的昆虫。这个小东西的可怕之处是，只要逮着机会，它就会把整个头部插入人的皮肤里，使劲地吸血，让人又疼又痒。如果气急了把它拽出来扔掉，你的麻烦也就随之而来了。因为它的头部必定会断在皮肤下面，一到下雨阴天，会让你奇痒难耐却又没有办法。

据说草爬子有一个严重的生理缺陷，那就是没有排泄器官。也就是说，即使不把它拽出来，吃饱之后它也会把自己撑死。它一旦充分享受到了一生追求的美餐之后，也就等于找到了自己的不归路。

这让我想到了人性的贪婪。有的人一旦有了敛财的机会，便会忘掉了一切，恨不能把整个地球安上轮胎推进自己的家门。而一旦有了需要支出的时候，就千方百计让别人买单，而自己坐享成果。这样的心态和行为，不像草爬子又像什么?

这种贪婪也是人性的异化。其实人有强大的排泄功能，足以让自己既享受各种欲望的满足，又不至于对生命造成危害。但一旦自身强行关闭了自然进化得来的这一功能，那结果一定和草爬子一样一样的。

某省一位领导在预感到自己的贪腐行为已经败露时，收拾好细软准备逃之夭夭。然而他却做了一件令人费解的事：他看见一个钱箱有点儿晃荡，竟然忘了自己的处境，打电话又让包工头把箱子装满了才满意。他最终走上的，也是和草爬子一样的不归路。

不要忽略了机体所具备的每一项不起眼的功能，排泄要紧!保命要紧!

修 梯 田

1995年的时候去大寨采访郭凤莲，第一次看到了狼窝掌的梯田。

大寨位于黄土高坡上，村子周边全是七沟八梁一面坡的穷山，连恶水都没有。大寨人被大自然逼得红了眼，愣是在坡度大于30度的山冈上像修楼梯一样用石头筑起一道道台阶，再把每个台阶上的土地平整好。这还不算完，由于台阶上是寸草不生的黄土，大寨人又一筐筐地把自家的粪肥挑上山，均匀地铺在黄土上。通过这样的方法，水土保持住了，土地也肥沃了，农民们开始植树种庄稼，利用原始的办法创造了促进粮食高产的奇迹。

大寨人付出极其昂贵的代价修筑梯田，目标是能在不产粮食的地方种粮食，从而保障村民们的生存权。而我小的时候，家乡也开始修梯田，结果却是空耗了人力毁废了土地。

上了初中之后，大概是觉得我们可以离开家了，每年开始有去外村支农的任务。

记得有一年的秋末冬初，我们班全体带好行李，拿上家里的铁锹，坐上大车走几十里的路，任务是去修梯田。

大车颠簸了一天，在大伙儿腰酸腿麻的傍晚才到达目的地——离县城不远、靠近公路的一个小村子。长大了才明白，在这里修梯田是典型的样板工程，目的就是展示给过往的车辆和行人看。

下了车先分住的地方，办法是每户分两个。大队干部把我和小国领进一户人家的时候，全家六七口人正围在炕桌上热火朝天地吃晚饭。一个两岁左右的小男孩正蹲在屋地上吭哧吭哧地拉屎。旁边妈妈手里拿着一块纸，不停地说："快点儿拉，你这造粪的机器！"

东北农村的房子都不太大，人口又都挺多，我们住进来肯定是给他们带来了不小的麻烦，所以进门的时候没有人欢迎，也没有人帮忙。大队干部让我们把行李放在北炕上，打个招呼就带我们去吃饭。

满以为出来干活，能脱离在家见不到油腥的日子，解解馋。可看了大锅里的东西大伙儿大失所望。大饼子没做熟，咬一口黏乎乎地粘在牙上，嘴急的同学被烫得直叫唤；白菜汤纯是白水煮，不但看不到一点儿油花，而且一个白菜帮只剁了两刀，只能抱着啃。

革命运动的场面宏大壮观。

第二天吃过早饭，山脚下一块20垧左右的农田上呼啦一下布满了蚂蚁一样的几千号人。有的翻地，有的挑土，还有的嗨哟嗨哟地搬石头。

这块大地的坡度还不到5度，基本是一块平地。在平地上造梯田，就要把一块地的土挖掉半米深，运到另一块地上，形成一米左右的高度差，在交接处用石头砌出阶梯来。就是用这种办法，硬是在平地上造出一片梯田来。

都还是不大的孩子，又没有营养的补充，我们是出工没出力。老师每天找一块没有人管的地方，让我们把下面的土向上一个阶梯运，不计量也不计时，一吹哨就收工。

两件事儿有趣儿。

淘气的小国不知道从哪儿拣到一个漏了底的军用水壶，像模像样地放在同学的中间，一本正经地宣布：现在开始批水壶。他的话引来大家欢快的哄笑声。因为当时正在批判小说《水浒传》，小国就是用谐音搞起了大家都能听明白的恶作剧。接着还有人煞有介事地读起了报纸上"《水浒传》宣扬的就是宋江的投降主义思想"这类的话，最后大伙儿每人一锹土，把“水浒”给埋葬了。

每天下地和收工的时候，带队的老师给我们连续讲《梅花档案》，内容是公安抓特务的惊险恐怖的故事。主要内容忘记了，但当时觉得格外惊悚过瘾。

在东北修梯田后果很严重。

原来的土地上有一拃厚的有机黑土，它的作用不亚于大寨人千辛万苦挑上山的粪肥。修梯田把这层黑土统统埋在了黄土之下，这样就使得整块土地失去了地力，很难长出高产的庄稼。由于砌得不牢固，修梯田的时候运来的石头散落在整个农田里，让农民兄弟无法下犁下锄，给耕作带来了极大的不便。

前几年经过这块地的时候，发现它已经完全撂荒了，在蒿草中仍然可以看见挺立的巨石。

极“左”思想和教条主义的活教材。

穷人的日子

什么样的人算是穷人?

小的时候春天去采榆钱，妈妈把它拌在苞米面里蒸窝头；秋天的时候去拣白菜帮，妈妈用它做菜包子。需要花钱的地方只有买盐，再就是几年买一件衣服。

由于老爹的工分还不够挣回全家的口粮，所以只有靠家里养的几只鸡下蛋卖掉来换，妈妈说这是指着鸡屁股过的日子。一旦哪个孩子生了病，就又增加了额外的支出。这时候就听妈妈长吁短叹，之后便去向邻居家借。

这日子够苦吧?但不是穷，不信你看——

李瞎子和一个盆

在农村胳膊腿齐整的找老婆也不容易。

由于一只眼睛看不着东西，李瞎子四十多岁还一个人住在一所要倒的小土房子里。别的不说，他家里只有一个盆，不但盛饭吃饭都用这个盆，就连洗脸洗脚，也只有这一个家伙。

村里人风趣地说：你看人是光棍，这盆也是光棍——没有伴儿。

张瘸子的木头鞋

张瘸子的年纪和李瞎子差不多，听说年轻时是相当英俊能干。一次开山放炮，脚被炸掉一只。由于没钱治疗，更没钱安假肢，等伤口风干后，他的父亲截下一段木桩，在上面挖个能放下腿骨的洞，再绑上绳子，这就成了张瘸子的脚，走起路来就像大树在移动。如果在屋里听到木头撞地的咚咚声，不用猜，一定是张瘸子来串门了。

两个老头一个老婆

村头住着奇怪的一家，有两个老头子一个老太太。问大人那老太太和哪个老头是一家的，大人不告诉。其中有个老头姓刘，而他们家有个女儿也姓刘，我想一定姓刘的老头和老太太是一家的。等长大了，听村里人说，这两个男人一个女人叫拉帮套。就是男人实在没有能力养活老婆孩子，便把另一个光棍招到家里，两人共有一个老婆，但这光棍有责任养活家里人。

有时我就在想，被现代文明的香味和气息包裹着的我们，距离原始社会的生活究竟有多远？或许一场战争，或许一次瘟疫，或许是一个运动，都会让我们切身地体会到那种无法想象和难以忍受的日子。

觉　　迷

不知道睡不着是啥滋味，只知道睡不醒是啥感觉。

从记事的时候起，只要犯困，不分时间地点倒头便睡。抱走了不知道，脱衣服不知道，憋着了就往炕上尿。

不同人的神经是由不同物质构成的。有的是水做的，容不得一点儿风吹草动；有的是泥做的，承得了重却见不得水。而我的神经是钢铁的，抗得住八级地震。

觉多误事儿。

由于天津的夏天酷热难耐，在那里上大学的时候每天中午有两个小时的休息时间，所有人都习惯于睡午觉。

入乡随俗，我也开始学着午睡。但睡了两天就再也不敢尝试了，因为我只要睡着了，常常要到四五点才能睡醒，所以下午的什么事都耽误了。别人再睡觉的时候，我只能静静地看书或者找凉快地方待着。四年来一直如此。

1995年秋天坐火车从太原到北京，住在上铺的我一顿畅快淋漓的酣睡之后，突然听到广播里有人在说话，便在朦胧中坐起身。四周一望全没人，慌忙从铺上跳下来。这一跳可非同小可，排成一排在过道上听领导训话的列车员们全傻眼了：列车要进库了，咋还蹿出个人来呢？原来列车员在收拾床铺的时候，怎么也叫不醒我，只好准备全收拾完了再回头处理我这个老大难。结果一忙活就把这茬儿给忘了。幸亏我及时醒了过来，据说跟随列车进了库房，就只好等晚上发车的时候才能出来。

第二天要坐上午的飞机回长春。接受昨天的教训，一遍遍地告诉同屋的山东同行要及时叫醒我。这件事多年来一直是全国同行们的笑料。

向来喜欢晚睡晚起，有一天同事约我早上去办事。我说去可以，但你要负责叫醒我。同事问怎么叫醒啊？我说你不停地给我打电话，直到我接为止。他说这事好办。为了便于接听，睡前把手机放在最容易听见和拿到的地方。

第二天醒来，天已经大亮了。拿起手机一看，上面有十二个未接来电。一定是同事打得丧失了信心，自己去办事了。

困了就睡，不困也不难为自己。

上学的时候，回家要在天黑的时候走十多里的山路。不困的时候可以边走边回忆学过的知识，遇到不会的可以随手掏出书来求证。这是很好的学习方法，可以提高掌握知识的扎实程度。如果困了，就边走边睡。从车站到家，正好睡上一小时。这种睡眠很特别，既可以绕过障碍，也不会撞见行人。虽然不是完全处于无意识状态，但仍然可以达到睡觉的休息效果。这大概就是所谓的假寐吧。

我的睡眠是弹性的，紧张的时候熬过两天两宿不挨枕头。一旦有了机会，不分白天黑夜地倒头便睡。如果这一周里事太多影响了睡眠，那么周末就可以找一个闲天早睡晚起，一次性补回所有欠下的债，重新恢复到正常的状态。

记得高考前一天晚上，当大家都在做最后的冲刺的时候，我在晚上六点就进入了甜美的梦乡。与其多增加点知识，还不如让自己的头脑更加清爽来得划算。

坏菜了。

女儿也和我一样成了小觉迷。一旦早起有什么活动，闹铃和爸爸都帮不上她，只好告诉妈妈早早地一遍遍地拨打越洋电话——也是直到接电话为止。

每个人的一生都应该有三分之一的时间处在睡梦当中，这是生理需求。如果能够充分保证这必不可少的三分之一时间，应该是一种莫大的幸福。

但是要注意，尽量别误事儿。

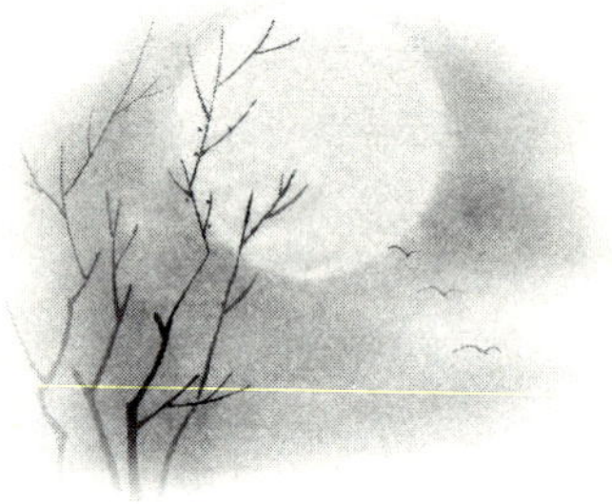

恐　　高

小的时候，除了下河，就是登高。登山并不可怕，因为家乡的山坡度都比较缓，基本没有悬崖峭壁。有点儿吓人的是爬树。由于山高林密，树都长得又细又高。爬上树尖之后，在轻风中人随树动，摆动的幅度在一米左右。刚开始的时候害怕掉下来，有点手足无措。可是时间长了之后，熟练地用双脚把树干盘住，风一吹来，身体就像荡秋千一样，又凉快又舒服。一番享受之后便开始打树上的山梨和元枣(小猕猴桃)，直玩到天黑才扛起沉甸甸的收获回家。

爬高有瘾。不上山的时候就去学校翻单杠。由于个子还没长高，每次都是顺着单杠的立柱爬上去抓住单杠，然后开始翻转，直到玩尽兴了再跳下来回家。天天如此，熟练得闭着眼睛也能准确地完成这些动作。

俗话说淹死会水的，打死犟嘴的。就是在这个天天玩得烂熟的单杠上，我受伤了。

有一天刚刚下过小雨，湿润凉爽的空气让人舒服得特别想用肢体的运动来抒发一下，于是我便奔向了学校的单杠。快速爬上立柱之后，抓住单杠就想翻转。不想雨后的单杠特别湿滑，还没等我反应过来，人已经重重地掉在地上了。只觉得先着地并沾满泥土的下巴麻酥酥地疼，舌头也咬冒血了。

此后的时间里，下巴肿得老大，嘴也胀得吃不进去东西。苦撑了十多天，总算慢慢长好了，而且没留下后遗症；但落下了一个严重的毛病，恐高。

从此，一登上一人高的地方，双腿就不由自主地哆嗦，直到返回地面才会停止，所以一般不敢再想登高这个事儿。记得高中毕业要求体育达标，别的没问题，单杠死活不敢上。只好请同学替，老师也是闭一只眼再闭一只眼，不让体育拖高考的后腿。

参加工作以后，职业性质要求常常要登高。这可是给我带来不小的烦恼。同事们也经常谈起恐高的趣事来。

一位年龄较大而且恐高严重的同行随大家一同去长白山，大家发现在悬崖下有一只狍子在静静地吃草，便纷纷探头观瞧。这位恐高的老兄急得像热锅上的蚂蚁，最终耐不住的他把二百多斤重的身躯整个俯在地面上，从很远的地方慢慢爬向悬崖边，在只能把眼睛探出去的地方停住了，看过之后再一点点儿地爬回来。这个举动使观众的目光全部转向他，看得比狍子吃草还有滋味。

笑话归笑话，这恐高怎么办呢?

有一次到吉林省的自然保护区向海去采访，工作要求我必须爬上有十几米高的瞭望塔。我犹豫了一会儿，最终选择上。

瞭望塔的阶梯安在塔的中间位置，每一磴都是用铁条焊接的。向下望去，人仿佛踩在了空中一样格外可怕。我控制住双腿的哆嗦，保证自己不向下看，之后便扛着摄像设备慢慢向上攀登。

费了好长时间，我终于到达了塔顶平台。在平台上也注意只向远处看而不垂直向下瞧，在这种稳定的状态下再开始工作。

这次强行的尝试，使我的恐高症慢慢地消失了，再也没有成为工作和心理上的负担。

克服恐高，是一次战胜自己的经历。

滚 地 包

伸手不见五指，是生长在城市里的人无法理解的常用语。在农村，冬天的七点后，夏天的九点后，家家已经关灯睡觉了。如果赶上月初月末的月黑头，就会有这样眼睛一点儿也看不出去、伸手看不见五指的大黑天。天黑自然就静，不夸张地说，如果有人在关灯后咳嗽一声，会让全村人都能听到。

城里人如果在农村遇上这样的黑天，会不由自主地产生寂寞甚至是恐惧的心理，从而使得原来对农村美好的感觉荡然无存。而且这样黑的天，你想做什么也不可能，只有一个选择：睡觉。

唯一能打破暗夜的，是放电影。然而电影有几个不来：冬天不来，雨天不来，风天不来，农忙时不来。刨去这些不来，一年能有三四次就不错了。

打正月闹二月，漓漓拉拉到三月。春节过后，整整三个月既没有活计又没有可以消遣的事儿，身强体壮的老爷儿们可闲饥难忍。有点儿闲钱胆子又大的，就聚在一起推牌九；没钱又胆小的，只好每晚早早躺下，在老婆身上找快乐、消磨过剩的精力。于是节后的时间成了农村人口孕育的高峰期，而十个月后又是婴儿出生的高峰期。可能有人会不相信这一说法，但村西头老丁家生有九个孩子，全都是阴历十月或冬月出生，其中有三个还是同一天，这就是有力的证明。

“文化大革命”结束之后，农村渐渐恢复了一个传统的娱乐活动——滚地包，这是当地对二人转的通俗叫法。

农村有些人特别喜欢唱二人转，还有的小时候受过师傅的培养。他们先是农民，然后才是唱戏的。农民农忙时他们也农忙，农民农闲时他们便挨村串。这种滚地包一般是由三个人组成，一男一女组成一副架，外加一个吹鼓手。这三个人又通常是两口子外加老公公或者老丈人。这种组合的好处是不容易出矛盾，不会有破鞋烂袜子这样的丑事儿，而且挣多少钱都进了自家的腰包。

每到下午，滚地包在上一个村里吃饱了睡足了，便窜到下一个村里，找上生产队长或者大队书记，提出晚上在村里唱戏的申请。如果不是很忙，村干部不会拒绝，这样就会有戏迷主动挨家挨户收钱。这种钱交得没有强制性，完全凭每户经济情况的好坏和对滚地包感情的厚薄来决定。

如果收上来的钱数在3块以下，一般的滚地包就觉得合不上，不唱了，收钱的人再挨家退回去；如果超过3块，就成交了；如果村子大，收的钱超过10块，就是一笔巨款，社员要求唱个通宵滚地包们也没意见了。

唱戏的地点一般在队部里，演员完全不化妆也不换衣服，只是从包里掏出扇子手绢就开始上场。虽然有很多这种滚地包，但他们演出的方式大体一样：先是小拜年开场，让现场的气氛火爆起来；接着是几出有名的戏，像《王二姐思夫》、《包公赔情》、《回杯记》等等；而中间穿插的，则是很吊社员们胃口的脏口。

农村人没文化，见的世面少，听到的故事也全靠这滚地包。虽然这些名段不知道听了多少遍，但一进入戏情之中，年纪大的人仍然是一会儿涕泪涟涟，一会儿又是喜笑颜开。

孩子们愿意看电影，却不愿意看滚地包。一是不懂歌词的含义，二是不明白脏话的深层内容。所以鸭子听雷般地凑会儿热闹之后，便一个个筋疲力尽地回家睡觉了。这时候，滚地包们使出浑身解数，卖力地说起脏口来。这种脏口的内容不外乎是男女不可缺少的“性”。演员不只是说，而且有动作演示。常常是台上每说一句，台下便哄笑一阵子，台上台下互相呼应，甚至还有好事儿的社员也冲上去讲一段、比试几下。

虽然都说二人转的脏口下流、低俗。但农村的村民们从来不这么看，因为滚地包在当时或者说更以前的农村确有着不可替代的作用。

首先，它是农民们精神上的兴奋剂。常年只面对有数的几个社员，再就是自己的家人，农民的精神上长久得不到新鲜的刺激，显得极其烦躁。每一次滚地包的演出，都把他们在心理上带进了一种前所未有的亢奋状态，这种状态一直持续到下一次演出的到来。

第二，滚地包的脏口完全是性知识的普及课。农村的青年男女没有接受性知识的机会，老人们有些事又羞于对儿女讲，所以洞房里常常闹出让人啼笑皆非的笑话。而滚地包们用虽然庸俗但完全可以接受的方式来进行这方面的教育。比如他们用针线和针眼所做的男女间的比喻，就是有着很强的操作意义的暗示教学。

只要农闲，滚地包就会走了一拨又来一拨，他们的到来打破了农村夜晚的黑暗和平静，给人们的生活增添了几声值得记住的强音。所以说，滚地包在农村有着极强的生命力。

大当家的之死

太爷辈有哥们儿五个，老三当家，家里几十口人，不分老少，都叫他大当家的。

太爷的父亲才由逃荒的难民变成地主，所以对贫穷记忆犹新。家规里面严格规定任何男丁只许娶一房妻子，不许纳妾。再加上大家忙完大地忙家事，喂完了牲口上炮台站岗，自家的劳力比长短工们的工作量至少要多出一倍。这样一来，繁衍后代的工作被严重忽视了，在敞开了生的情况下，一门最多两个儿子，还有的竟然绝户了。

大当家的生了一个儿子之后，老婆便不再开怀了，这唯一的掌上明珠受到的宠爱是可想而知的，父母给他起了个吉利的名字——永祥。

儿子渐渐长大了，老两口突然发现了儿子有一个让他们心里发凉的毛病——喜欢偷别人家的东西。

如果说穷人偷东西是迫不得已情有可原，那么富家子弟偷东西要算是明知故犯罪不可赦了。因为一提起永祥，整个家族都觉得丢人，更何况他的父亲还是大家族的大当家的呢。

这小偷出得邪性：第一，虽然胡子土匪在周边儿是多如牛毛，但别说江湖大盗，就连小偷小摸都没发现过，小偷的成长没有师传基础；第二，当时为了防土匪绑票，男孩连大门都不许出，从外面学成偷盗本领的可能性是不存在的；第三，家规甚严，家族内的孩子在家里受到的都是务农最光荣、其他都可耻的教育，很难滋生出偷盗的思想。家族里的大会小会没少开，最后大家的一致结论是祖坟的风水不好，要迁坟。

说干就干，选新址，择吉日，开仪式。整个活动体面而迅速。在安葬仪式上，大当家特意把儿子叫来，跪在列祖列宗坟前磕头谢罪。看到永祥痛心疾首的样子，大家松了一口气。

浪子回头金不换，这回在老祖宗的保佑下，家族的名声应该不会再受到损毁了。

察其言不如观其行。没过多久，村里来了一个挑担的货郎。当时没有供销社，更没有小卖店，只靠货郎挑担流动销售村民们的生活必需品。受货郎的拨浪鼓儿声的吸引，老老少少纷纷凑上前去选物品、凑热闹，永祥也在其列。经过一阵的讨价还价，货郎觉得再没有成交的可能，便挑起担子离去了。这时候，家里人惊奇地发现，大院内不知道什么时候多了很多木梳、顶针、小镜子、抠耳勺这样的小东西。不用说，永祥又出手了。

收工开会，大当家的提出两项要求：一是不再当家，二是分家单过。

大伙儿心里明白大当家的是因为儿子的偷盗行为让他觉得自己没资格再掌权，也不想再给家族丢脸。经过长时间的劝解和讨论，最后决定由家族划出二十垧地，让大当家的一家三口分出去单过，其他人不变，大当家的另选。

分家妥当，爹爹和已经18岁的永祥进行了一次长谈。主题是爹因为你的恶行大当家的都不做了，还脱离了家族单过，这种代价是惨重的，你应该迷途知返了。永祥也说，是的爹爹，其实咱家什么也不缺我的，我没有理由不改掉旧毛病。爹妈就我一个儿子，我要帮爹把家操持好，重新光耀门庭。爷两个直聊得泪如雨下，抱头而泣。

无官一身轻，大当家的单过之后做什么事儿都带着儿子，一是传授治家理财之道，二是剥夺他偷盗作案时间。这永祥也真是绝顶聪明，庄稼院那点事儿一点就透，一件事从不用老爹再讲第二遍。

高兴的不只是大当家的，包括沾亲带故的所有人。舅舅听说外甥安心打理家事了，马上凑过来，向妹妹妹夫大献殷勤，希望把女儿嫁给外甥，让亲上再加亲。

儿子以前名声不好，三里八村的都有所顾忌，永祥的婚事儿还真不大好办；舅舅主动上门，亲上加亲之后，家里的产业也不用担心外流了，大当家的和老伴自然高兴。借送舅哥回家的机会，大当家的套上大马车，带上儿子去相亲了。

永祥和表妹早就熟识，这次见了免不了多些羞涩后的无话。天刚黑，爷儿俩便在舅舅家的客房里睡下了。

庄户人睡得早起得也早。吃完早饭，大当家的爷儿俩告别之后就赶车上路了。走着走着，大当家的发现儿子隔会儿就从棉袄的下摆处伸进手去，并向里送着什么东西。他马上警觉起来，叫住马车，把儿子棉袄的纽襻解开。大当家的当时惊愕得说不出话来，只见儿子棉衣里裹的是一大块白布。不用问，这是舅哥家棉被的衬里呀，永祥不知道怎么给割下来揣怀里了！

大当家的问：儿呀，你这是咋啦，怎么还犯老毛病，还偷你的舅舅未来的老丈人呢？永祥说：爹呀，我也不想偷啊，可是见到了东西我就管不了自己了，好像不偷点啥才是犯罪似的呢。

重新上路的大当家的再也没有说一句话，眼睛直直地望着前方，就这样一直走到家。

第二天一早，妈妈给永祥端上了香得冒油的黄米饭。虽然生在地主家，但日日都是粗米糙饭。永祥端起来就是一阵划拉，直到粒米不剩。接着是一阵抢天呼地的号叫和炕上地下的翻滚；再后来就咽了气儿。

没有后人的男人是不能进祖坟的，更何况是没有后人的小偷呢。大当家的找个荒甸子把儿子埋了，连土堆都没留。

此后，大当家的像变了一个人一样，整天喊自己浑身疼。疼的时候，他就向家人要大烟膏，这是用大烟花的果实熬制成的毒品。没有钱买大烟膏的时候，大当家便疼得打滚，只好卖点儿地止痛。等分得的二十垧地都卖完的时候，大当家的也疼死了。

身无分文，家徒四壁。还是分家前的家族出钱出人，把大当家的安葬了。

和儿子一样，大当家的也入不了祖坟。

钓鱼之乐

天气一转暖，好多朋友不再理我，开始收拾竿包钓鱼了。

条件好了，钓鱼的人多了、心盛了，但我总觉得一旦成瘾难以割舍，会耽误我写大字、玩电脑，所以不敢离这爱好太近。

有一个好朋友，每周末必到鱼塘去报到。我问他，你是不是从周五就想啊？他说不是，我是从周一就急得不行——多么充实的一周啊！

因为周围鱼友多，免不了要跟着去鱼塘。

第一次去，是养鱼池。刚拴上食扔进水里，鱼就把钩吞到肚子里，想不钓上来都不行。去了就没停手，不一会儿就钓到几条大鲤鱼。再钓到的，就悄悄放回水里，免得花钱；再过一会儿，就觉得钓鱼是这样太没劲，把竿撇了。

第二次去，是大水库。钓了一上午，只有一位同伴钓到一条眼睛和尾巴揪在一起的小鱼崽儿。半天里一点儿收获没有，我当然觉得扫兴了。但看看渔友们，简直是不幸。每个人沉着脸，很不情愿地收拾渔具。最后还是在下午去养鱼池每人拽上几条大的，才把自己的心情由多云转为晴天儿。

最惨的是第三次。一个朋友不但酷爱钓鱼，而且做鱼的手艺超凡脱俗，吃起来原汁原味的农家做法。有一次禁不住他的诱惑，我和另一个没钓瘾的朋友跟他一起去钓鱼。

他选的地方很特别，是河边挖过沙子的沙坑积了水，年头长了之后自然生长的鱼。这种鱼纯属天然，吃起来一定味道鲜美无比。我们开始找场地、拴鱼线、挂鱼饵、甩鱼钩。

学习好的学生不一定考试成绩好，水性好的水手最怕小河沟。经过一个下午的等待、期盼、祈祷，我和另外一个半吊子钓手每人钓到两条一斤左右的鲫鱼。再看看钓鱼迷，连一条小鱼也没整着。眼看天黑了，在我们两个成功人士的劝说和讽刺之下，三人收竿打道回府了。心里想着可以吃到美味的炖鱼，而且还是自己钓的，心里边真美呀！

回到家坏菜了，这位没钓着鱼的钓鱼迷就说累了，躺在床上就是不起来做鱼，咋劝也无效了。

啥着没有，只好把他拉到附近的小饭店，就着他不是色儿的脸吃完饭。返回身我俩笑做一团，这可真叫揭啥别揭短，打啥别打脸啊！但我俩是无辜的，顶多在语言上刺激了这位钓鱼迷朋友。

传　　销

大学的师妹，平时不怎么联系，突然有一段开始频繁地打电话。刚开始还挺高兴的，以为有艳遇啥的了。长了觉得有点儿不对味儿，原来让我跟着去传销。我这种人一根筋，外财一点儿也不敢惦记，所以在不好意思拒绝的情况下搞起了拖的战术，既不见面，也不入伙，更不掏钱。

一个周末，广州的同学打电话告诉我说他来长春了。记得高考时自己的钢笔突然不好用了，这位家住县城的同学打开文具盒，好几支钢笔任我选。滴水恩情要涌泉来报，中学毕业就没见过面，怎么也要态度积极，接待热情。

按着同学指定的时间去了他指定的地点。一看傻眼了，黑压压一屋子人，同学正在台上讲传销课呢。无奈地坐下，心中暗想，可别碰到天天打电话的师妹呀！大脑还没想到“呀”字呢，有人拍肩膀了:不用猜，准是！一顿埋怨挖苦，不挨也得挨。坐了五分钟，挣脱打场的人的劝阻和撕扯，落荒而逃。

广州的同学是回东北开辟根据地的，住着不走了，所以同学圈免不了成了重灾区。隔几天就有一两个同学来长春，招待他们的同时，要忍受指条发财的明路一般的劝说。开始传销了的同学们变得特别地擅长演讲，品格也变得执着顽强。直讲得我们请完客还觉得亏欠了人家一般，心里总是发毛发虚。最后实在忍无可忍，和我一样顽固不化的同学竟然当着前女友的面说，你要是来玩，我们欢迎；如果再传销，饭也不供了！

说也没用，人照来，销照传。几个同学只好商定，只要接着那几个重点防范的同学的电话，马上说自己在外地——不见了。

政府及时反传销，广州的同学在东北呆不住了，怕挨抓。

其他同学开始叫苦了。有的辞职专门想发财，有的买了大量的商品，一要业绩，二要大干。

辞职的不好再回去；存商品的，自己慢慢用吧。

至于业绩吗，归零了。

十年前的惊魂之旅

在由物质和意识构成的多彩世界里，充满着偶然和必然的结果。

在广州经商的李总每次回到长春，都要抽出时间邀我同饮，为友情，也为十年前一次惊魂的旅行。其实我们是在共同庆祝自己还幸福地活着。之所以值得庆祝，因为这纯属偶然。

因为工作关系，我在1999年的11月到广州去见李先生。去之前在电话中已经说好，我乘飞机到广州，完成工作后我们共同驾车返回长春。

李总是个事业有成的人。凭着过人的智慧和出奇的高效率，在几年的时间里便创下了上亿的资产。下了飞机来到办公室，李总马上拿出一本地图凑过来。我一面看着他在地图上标出的红线，一面听他讲具体的日程。大致是22日出发，当晚住湖南；23日晚住河南；24日晚从烟台上船，25日早上在大连上岸后直接抵达长春。面对如此周密而舒适的计划，我只有坐享其成的份儿，还有什么可说的呢？

22日一大早，完成所有工作的我们轻松上路，回家的诱惑让心里充满愉悦的感觉。

从广东到湖南，是没有尽头的崎岖山路。紧张了一路也骂了一路，但总算在临近夜半的时候到达了计划中的第一个宿营地——湖南岳阳。

无心观看岳阳楼的美景，第二天一早，草草吃点儿东西便又开始赶路。刚走出宾馆大门，前面有警察举牌示意我们停车了。我们马上觉得大事不好。因为中央电视台也曾报道湖南的警察是路霸，这一定是宾馆和警察暗中联系，要收我们的买路钱了。

行车证上看不出破绽，警察便上车检查，最后指着干净如新的烟灰缸说：凭着这么新的烟灰缸，我不相信这是台两年前买的车。我要进行跨省查询，你们今天不能走了。一边是不停地磨，一边是置之不理。直到李总看准机会塞了5000元钱，气氛才慢慢缓和。警察提出两个要求，一是要出个证明，说明这笔钱是心甘情愿赞助给湖南警界的；二是请他吃顿午饭。

怒火和急躁都解决不了问题，也幸亏李总在商界打拼多年，养成了见怪不怪的耐心。一瓶酒下肚，二人聊得既投缘又开心。临走还互相交换了名片，俨然成了亲密的朋友。

为了避免类似的麻烦，我们决定歇人不歇车，昼夜兼程直奔烟台。商定之后，李总便给烟台的朋友打电话，退掉24日的船票，改成23日的。

河南信阳一顿面条，山东阳谷一碗豆浆，23号中午我们便坐在了烟台市一家干净的朝鲜族烤肉店里了。

下午三点多，我们便来到轮渡码头。

这种轮船叫滚装船，就是可以把车开上船，停在一层里，之后再到别的层去找住宿的船舱。

24日早晨，将车开出船舱之后，收音机里正在播送当年的第一次大风降温消息。春风得意马蹄疾，终于踏上了东北的土地，又抢在降温之前到家，开着车的我们心里有着说不出的踏实和愉快。

第二天晚上，当我们邀几个朋友吃晚饭的时候，长春已经是满地的雪花了。吃着吃着，电视里的一条简短的新闻把我俩惊呆了：

1999年11月24日，中国山东省烟台市的“大舜号”滚装船在海上遇风浪失事，船上304人中有282人死亡。

一阵沉默的相对之后，我们举起了酒杯。为悼念死者，也为庆祝自己的生还，我们一饮而尽。

接着我们便开始回忆从行程的制订到计划的改变中的每一个细节，最后把对湖南警察的恨变成了无限的感激。如果没有这位警察的刁难，我们会按计划开车，按计划上船。那么，此时我们肯定不是坐在酒桌上小酌，而是浮尸海上，等待打捞。李总说，如果这位警察去找我，我一定和他热烈拥抱，当贵宾款待。我说，他拿了钱又刁难我们，换成我是没脸面和勇气去面对你的。

我想错了。没多久，李总来电话，那位人民警察真的去找李总了。他带着辍学的儿子，无论如何让李总安排工作。李总不但高兴地照办了，还给警察报销了往返路费。

今年再见李总，又聊起了惊魂的旅程，又聊起了那位警察。李总说，警察的儿子去年因为贩毒被判刑了。

人生啊，三十年河东，三十年河西。整个儿算来，也就一次惊心动魄的旅程罢了。

人生必须承受之痛

两年前，父亲在睡梦中突发心梗，平静地离去。

父亲是位出身于地主家庭的农民，当他刚刚懂事的时候，东北土匪遍地。为了逃避绑票，由家族把包括父亲在内的所有男孩带到县城里租房居住。远离家庭和父母，心灵上的凄苦是可想而知的。等他回到家的时候，当地解放了，家里已经一无所有，爷爷也在疾劳和病患中走了。

轰轰烈烈的土地改革，把家族中近百口人吓得丢下所有的动产和不动产，如惊弓之鸟般四散而逃。奶奶带着年幼的父亲改嫁给了贫下中农出身的土改干部，以求自保。挨批挨斗的噩运是免了，但寄人篱下的屈辱一定是难逃的。于是父亲在十几岁的时候便到黑龙江林区投奔远房的姑姑，在那里的林场做工人，后来回到故乡成婚。

在我的印象中，父亲日复一日地到生产队干活。顶着星星出去，伴着月亮回来。到家时已经疲惫不堪，家里的事情都由妈妈负责打理，父亲和孩子们的交流也自然很少。再接着是我外出求学，和家人和父亲的交流就更少了。

在父亲年近六十的时候，儿女们把父母接到长春。由于一生都在困顿中生活，父亲对此后衣食无忧的生活特别满足，每天带着笑容到公园里和其他老人们一起聊天打牌；由于一生都不过问家事，父亲从来不为家里的琐事生闲气，儿女们有什么约束和要求，他都是虚心地接受。

在这种幸福的状态中，父亲虽然患了脑血栓，而且又复发过两次，但除了语言上有些障碍之外，其他不受什么影响，尤其没有改变他乐观满足的心态。直到去世，我们见到的都是慈爱幸福的父亲。

和父亲相比，母亲有着由相似到相同的命运，只是多了一份心累。

姥爷是国民党部队中的一名营长，驻扎在军事要塞海龙。在林彪的军队横扫东北的时候，作为起义部队的一员又到四野当营长。建国后，当过国军又当过解放军的姥爷在蒋介石反攻大陆的喧嚣声中胆怯了，携家带口脱离部队，来到了与外界交往极少的山村里当上了农民。但很快还是被揭发出当过国民党军官的历史，姥爷被关押，家中很快便被贫下中农分抢一空，年仅七八岁的母亲便跟着姥姥四处乞讨度日。姥爷去世后，母亲便和舅舅一起放猪养家。

结婚生子后，母亲不但要照顾我们四个孩子，操持家中里里外外的事务，还要和男劳力一样在农忙时下地干活。在农村生活的日子里，母亲的体力和精神都要受到极其严酷和持续的煎熬，而且这种煎熬是看不见尽头的。

到了长春之后，虽然经济上没有任何负担了，但母亲依然放不下操劳的心。每个儿女有了什么事情，她先急得睡不着觉，非要替孩子们想出一个办法、达成一个好的结果才安心。

想完儿辈想孙辈，母亲就像总有操不完的心，儿女们如何劝解也无济于事。

母亲很瘦，体重一直不到40公斤，但身体状态总体上还是不错的。我们唯一担心的是她的肺。

姥姥和大姨都死于肺气肿，去世的时候也分别只有50岁和45岁。医生诊断说母亲年轻时得过肺结核，由于是没有医治的自然好转，目前已经钙化了，需要特别注意。所以母亲一咳嗽或呼吸困难就紧张，我们也格外重视给她检查和治疗。也正是在对肺部的关注中，母亲的胃中孳生了癌细胞，在没有痛感和其他征兆的情况下最终导致扩散和不治。

短短两年里失去了两位亲人，这是我人生路程中难以承受的痛苦。

父亲是在无痛苦的状态下逝去的，而且还有母亲健在。母亲的去世，则让我尝尽了痛彻心扉的生离死别，也从此失去了无条件关心自己的亲人。

短短两年里失去了两位亲人，这是我人生路程中必须承受的痛苦。

父母含辛茹苦、心身俱疲地努力的目标，是用自己的双肩，把孩子们托上他们不曾仰视过的高度，享受他们不敢企及的幸福和快乐。

那么已为人父的我呢？

在坚强中追求幸福和快乐，实现父母终其一生要达成的愿望，是儿女们对亲人最好的告慰。用自己的双肩托起孩子的未来，让她到达我不曾到过的高度，也是父母为后代而献身的良好美德的延续和体现。

痛苦是很好的老师，它教会人们要珍惜现有的亲情，珍爱身边的亲人。

痛苦是很好的老师，它教会人们在苦难中坚强勇敢，乐观地面向未来。

第二辑 好友亲朋

奶奶的梳子

土改那年的隆冬，平时就体弱多病的爷爷去世了。家里的房子和土地都已经被没收分给贫下中农，奶奶无力抚养两对儿女，于是改嫁给一位一贫如洗的农会干部。

过去虽然生活在地主家里，但家风节俭到整年见不到油腥，几年添不了一件衣服；嫁到贫农家里，除了分得的几亩地和几件衣服之外，再无其他财产，日子更没有什么指望，所以奶奶从来不想着花钱，全靠自己的双手来打理全家人的生活，这种习惯一生都没有改变。

俗话说：老儿子，大孙子，老太太的命根子。奶奶对我格外宠爱，所以从上小学开始，每个假期我都要走几十里的山路，到奶奶家去玩，直到开学才不舍地回家上学。

这时候儿女们都已经长大成人，家里只有爷爷、奶奶和叔婶，四口人三个劳力，在农村算得上是上等人家，但奶奶仍然是舍不得花钱。记得一个暑假我要上河沟去洗衣服，向奶奶要肥皂。结果她告诉我家里没有，边说边从灶炕里掏出一堆炭灰，告诉我说抹上这个东西也能去污。

按照奶奶的办法去洗衣服，炭灰既不起沫也不润滑，根本没有作用。由于男孩子粗心，抹在衣服上的炭灰没冲干净，晾干了还留有灰尘，奶奶只好替我重洗一遍。

奶奶的头发又密又长，每天吃完早饭就要用很长的时间来梳头。梳头用的是一把木制的梳子，奶奶告诉我，这把梳子还是她改嫁的时候买的，到现在已经有三十年了，比我的年龄还大一倍呢。

开始记事的时候，木梳的齿儿只掉了几根，基本不耽误使用。但大概是年头太长了，梳齿一根根脱落，到后来只有两侧各有两三个齿儿，奶奶仍然用它来梳头。

每次梳头的时候，奶奶是用拇指和小指夹住梳子的背儿，其余三根手指和几个梳齿儿一道梳理头发，也就是说，梳子起到的只是辅助作用，实质上奶奶是在用手指来完成梳头的目的。

上高中的时候，开始嫌奶奶家没用的东西太多，趁奶奶不在家的时候，把已经完全没有齿儿的梳子和其他破烂一道扔在河沟边的大坑里。等我玩了一天回到奶奶家，惊奇地发现那把梳子又摆在了炕柜上。一定是奶奶发现我把梳子扔掉，费尽周折找了回来。

我明白了，奶奶最珍惜花钱买来的任何一件东西，即使不能再用了，也是一种象征，是一种心理的安慰。

姥　爷

妈妈姓孟，姥爷姓林。

孟姥爷在妈妈只有10岁的时候去世了，林姥爷作为妈妈的继父进了家门。在我4岁的时候，姥姥去世了。没了牵挂的妈妈第二年就带我们搬回了父亲的老家。姥姥去世后，林姥爷成了没有亲人的孤老头儿。临走时爹妈把我的姐姐留在林姥爷身边陪伴老人家，并在上学的时候改了林姓。

虽然有姐姐陪伴，但林姥爷还是觉得生活冷清，尤其是姐姐回家来过年，他更变得没着没落的。每次过完年来接姐姐，都要滴几滴泪才走，年纪越大越厉害。我8岁的时候，我家就又搬回了姥爷家。搬走前是分开过日子的，搬回来住到一起，正式开始一家人的生活了。

姥爷有一根铜烟锅铜烟嘴红木杆的大烟袋，从早到晚基本不离口。他做什么事特别细心。记得有一次我的一颗琉琉(男孩子玩的玻璃球)不小心掉进灶坑里，我急得围着锅台乱转。姥爷用管锹把锅台里的灰掏出来，用细木棍非常细心地把灰从这个位置拨拉到另一个位置，直到琉琉现身为止。

姥爷虽然生长在江边，但整鱼他不爱好。每次我弄到鱼回来，不管多少，姥爷都要拎起来仔细瞧瞧，然后再用充满爱意和鼓励的眼神看看我。虽然姥爷并不说什么，但这种神情让作为小孩的我觉得很受用也很有成就感。

我家院子里有一个很大的葡萄架，每年结的葡萄多得吃不完。每当深秋熟透的时候，姥爷便上山去打靰鞡草。回来后把草根的一端用麻绳系上，向草的中间放葡萄，装完后再把草尖系上，吊在仓房的梁上。只有到了年三十晚上，这草包的葡萄才会开封。这经冬的葡萄不但不坏，还浓缩了糖分。冬天吃酸甜的葡萄，这在当时的东北农村是绝无仅有的。

姥爷也有凶狠的一面。记得挨过老人家一次烟袋锅子的狠刨，原因是和姐姐打架。姐姐从小就没离开过他，什么事都受到特别的优待和宠爱。一次不知道因为啥事和姐姐动手，姐姐便嗷嗷叫着喊姥爷。姥爷冲过来不由分说就举起烟袋锅向我屁股刨来。挨了一下之后便疼得我落荒而逃，以后再和姐姐生气也是敢怒不敢言了。

晚年的姥爷患了老年痴呆症。父母不在家的时候，好好的炕席被姥爷把篾子一条条抽出来，并十分熟练地捆好。园子里茁壮成长的胡萝卜，姥爷用耙子把叶子都挠下来，只剩下不再生长的根儿。虽然很让人伤神，但从没见到父母对姥爷发火，只是细心地照料他，并想办法弥补他造成的损失。姥爷去世，爹妈像亲生儿女一样地为老人送了终。

虽然没有血脉相连，但我们所有人都像对待亲人一样对待姥爷，其实姥爷也是在用这种方式对待我们。只有说到姓氏的时候，这种差别才存在。

妈妈的智慧

一、偷　青

吃不穷，穿不穷，算计不到才受穷。这是穷得只有一群孩子的妈妈常说的一句话。

有别的没成本，这孩子可都有张填不完的嘴，这些嘴考验着父母的智慧。

妈妈智慧的表现突出地体现在偷上。

那时候农村人口每年的口粮数是固定的。大人365斤，小孩300斤。水稻必须脱皮，100斤剩70斤，苞米就别脱皮儿了，连米带糠一起进肚。长年见不到油水，肚子空得能吃一头大象。青苗刚长出来一拃长的时候，家里的米缸就见底了。这时候妈妈就把山菜家菜一齐往米里面里鼓捣，糊弄所有的肚子。她的目标是挨到可以啃青的时候。

夏天的庄稼一天一个样。苞米拔节儿之后就抽穗，紧接着籽粒就灌了浆。这时候就不会饿死人了。

农村的夜晚不再安静。

不论高低贵贱，肚子瘪了都睡不着觉。所以家家都有人去偷青。生产队在每块地都派了看青的人，但效果不好。一是看青的人也有肚子，免不了监守自盗；二是都是乡里乡亲的，都是饿得没辙了，咋管哪？看见了就当没看见。如果你和看青的人平时结过仇，那就得小心点儿了。

胆大的天黑就去，胆小的半夜出发。妈妈是胆大的，天黑了拿起面袋就往黑暗里走。

妈妈有妈妈的聪明。别人是把苞米穗掰下来装进袋子扛着走，又累人又效率低。妈妈每次都带把菜刀，把穗掰下来之后，耐心地用刀把粒削进口袋里，棒子扔掉。这样就一人顶三人了。每天把我唤醒的，是嫩玉米饼的香甜。

后来发生了一件不幸的事。一个农村老娘儿们偷青被抓住，在供销社门前戴个大牌子，站在凳子上低头示众。当天晚上，这个老娘儿们受不了羞辱，丢下三个张嘴等食的孩子，上吊了。

我说妈呀，晚上可别去了，多吓人哪。妈说怕啥，你寻思我像那老娘儿们那么虎呢？你知道我为啥走得早回来得晚吗？我说你不是削苞米费工夫吗？更容易被逮住。妈妈说，才不是呢，我先不去地里，是到大队书记家门口等着。我说你等着挨抓呀。妈妈说，不是，我等书记家老娘儿们去偷的时候，我跟着她，你说谁敢抓我呀？

等妈妈回来的时候睡不着，我总结出两个真理。

一是妈妈当小偷也是聪明的；二是大队书记也是人。

二、拣　地

当最后一车庄稼用大车拉走之后，生产队的地就成了空地，这时候闲杂人和牲畜就随便进地了。村里谁都可以马上到地里拣收剩的瞎苞米、散稻穗，我们管这活儿叫拣地。

拣地这活儿没啥意思。当时一个口号叫颗粒归仓，社员收完了，队里要派人把地再溜一遍，队长打头的还随时抽查。这样一来，收完的地就不剩啥了。拣一天，也拣不了多少粮食。所以拣地是食之没啥味、放弃又不忍的活计，只有干不了重体力活、闲着没事儿的老弱病残才会去打这个主意。

然而妈妈却在拣地上拣出了门道，不但大有收获，而且还拣得容易。

别人拣地是在秋天，妈妈拣地在春天。

当时的国内形势是大好不是小好，是真好不是假好，领导便乘着大好形势，希望农村好上加好。每年正要秋收的季节，上级领导便要求社员兴修水利，全乡全县的劳力都要被征调去修万代幸福渠。

季节不等人。社员正在修渠呢，割倒的和没割倒的庄稼上已经落了雪。这雪一化一冻，就把每根庄稼秆儿上面裹了一层冰，像城里人做的冰棍儿。等社员修完了渠，万代是幸福了，今年要完蛋了。

冰棍用牙咬，还得牙口好；苞米却是要用手扒。再硬的手也不如坏牙口，而且天也已经冷得伸不出手，这庄稼咋收？

咋收也得收，糊弄!冻在地上拽不出来的不收，冰坨把穗包紧了的不收。天一冷大发劲儿了，很多社员就悄悄把没扒的玉米埋进扒完的玉米秸里。庄稼就这么稀里糊涂地收完了，秸秆就放在地里，来年开春再往回拉。

妈妈看到了商机。春天一到，她就去阳光充足的地块里溜达，雪化一点儿，就会露出一些苞米棒。拣完一遍过几天还去，又有一些露出来。每天妈妈都是满载而归。

等大家伙明白妈妈天天忙啥的时候，我家已经是粮满仓米满囤了。队长看着眼红，就是没法和妈妈讲理。

又是孩子们饿不着的一年。

三、投机倒把

在农村，只能卖自己家产的东西，如果买东西来卖，就叫投机倒把。惩罚的办法是先要没收东西，然后戴上写着“投机倒把分子”的大牌子去批斗。人再穷他也有脸皮，批倒批臭，是行之有效的办法，没有相当勇气的人不敢想这事儿。

毛主席去世了，“四人帮”倒了，邓小平上台了。这个时候政策和行为上有点儿乱了套。广播里天天说要割资本主义的尾巴，但村民开点儿小片荒也没有干部来管了。什么行什么不行，谁也吃不准。

这样的形势造成了一个特殊的现象：撑死胆大的，饿死胆小的。

妈妈胆大。

每年春节过后，即使是再困难人家的孩子，兜里也会有几角的压岁钱。妈妈便打起了这些小钱的主意。她带上已经辍学的姐姐每人挎一个大筐，坐上火车去县城，每人买50支2分钱一支的冰棍儿，再坐火车回来，以每根3分钱的价格在邻近的各个村里卖。很多孩子还是第一次见到冰棍，一尝还挺甜，兜里那几分几角的钱就进了妈妈的口袋。一个春天，妈妈和姐姐倒了一个多月的冰棍儿，给5个孩子都换了新衣服，生活质量大为改善。等别人跟上去倒冰棍儿的时候，天已经热得存不下了；更重要的，是孩子们口袋里的钱被妈妈掏光了。

前几天和妈妈说起这事儿，她还直后悔：那时候真傻呀，只知道向卖冰棍儿的老太太去买，不知道去批发，批发才一分五!

妈妈还说，都是山沟子框住了我的眼界，都是孩子们捆住了我的双脚，要不我可谁也不服呢!

舅舅骗婚

舅舅14岁的时候，姥爷去世了，姥姥改嫁。由于继父是大龄光棍，脾气火爆，而舅舅也是一头天不怕地不怕的小叫驴，二人总是吵个没完，有时还要动手。这种情况让每个人都不自在，而姥姥夹在中间更是有无尽的苦楚。

16岁的时候，村里来位算命的瞎子，他告诉舅舅，要想一辈子过得幸福，就应该向西北求。这正迎合了舅舅少年时期不想长久寄人篱下，而愿远走他乡独闯天涯的心理，连犹豫一下都没有，卷起铺盖就一头扎进了生人堆里，任凭姥姥怎么哭闹也不回头。

舅舅先到了西北最远的黑龙江，混了几年又回到了仍是西北、但离家近一些的桦甸，在一个只有十几户人家的小山沟里住了下来。

这个小村西头有条小河流过。舅舅便琢磨着把河边不大的冲积地平整一下，再引点河水，撒点稻种，种起了水稻来。这个小山村位于人迹罕至的长白山的深处，住户常年是种大苞米吃大煎饼。种水稻，别说不会，很多人就连见都没见过。大家先是观赏怪物一样远远观望，接着是近身来摸摸成熟的稻穗，再后来是到家里尝尝雪白喷香的大米饭，纷纷要跟着舅舅学种水稻。

几年下来，舅舅成了当地的水稻名人，赢得了十里八村的尊重。而此时的舅舅，已经过了30岁。

和现在城市里正相反。那时候的农村，女人再大也不愁嫁，但男人要过了25岁还没老婆，就离光棍的称号不远了。姥姥为了解决儿子的终身大事儿，也为了把儿子拴在身边，在村里给他介绍对象。而舅舅不想留在家里看继父的眼色，死活也不肯看。姥姥去世前，家人给舅舅发病危电报。舅舅以为是骗他回去相亲，竟然没有回家，成了终身的遗憾。

家里的不肯找，在外又过了婚龄，舅舅便动起了歪心思。反正这里也没有人了解自己的身世和年龄，干脆就对外宣称自己21岁吧，这样就成了炙手可热、正当年的小伙儿了。果然有效，不长时间，就有人介绍了一个长相漂亮、芳龄二十一的大姑娘。很快就相爱结婚，舅舅看着小自己整整10岁的俊媳妇儿，心里满是欢喜。

纸里真是难以包住火呀。尽管舅舅把谎撒得天衣无缝，舅妈也深信不疑，但最终还是露了馅儿。

舅舅舅妈抱着孩子回老家探亲，由于事先交代好了，天机一直没有被泄露。但有一个细节却被舅妈逮住了。

妈妈比舅舅小3岁，为了在舅妈面前假戏真唱，哥哥依旧是哥哥，妹妹依旧是妹妹，只要年龄顺次减小就可以瞒天过海了。但问题偏偏出在这里。细心的舅妈根据妈妈的大孩子——我的姐姐的年龄推算，妈妈生孩子时的年龄只有14岁。开始时她还好奇地问舅舅，你的妹妹怎么这么小就生孩子了啊？舅舅当然千方百计地想办法弥补这个漏洞，但怎么解释也难以自圆其说。好在舅妈虽然心里发毛，但她也不愿意承认自己受骗的事实，只好将错就错，也不深究。只是在夫妻吵架时，常常拿妈妈14岁生孩子的事儿来贬低姥姥家的家风，以解心头之气。

如今舅舅、舅妈已经是儿孙满堂了，夫妻俩又相敬如宾，瞒也就失去了意义。谈起家事，舅妈还不依不饶地说，哎呀，我要起诉你舅舅，他骗了我一辈子!

老爹有钱的经历

在生产队时期的农村，女主内还要干些农活，但男主外是绝对的。老爹就是典型的吃米不管闲事儿的庄稼汉。多了不知道，记事之后没见他口袋里有过钱，所以有什么经济上的需要也完全不用打他的主意。后来听家人讲起老爹有钱的三次经历，更觉得不打他的主意是多么正确。

我上大学那年，村里一位搞建筑出身的五七战士要带村民到外地去盖楼。为了多赚点儿钱好供我，妈妈便派老爹跟着去出苦力。

老爹走后，妈妈带着弟弟妹妹连滚带爬地侍弄着庄稼，在汗水中满心希望家里外面双丰收，这样就不愁供孩子上学和维持家里的生活。

快要入冬了，家里的庄稼已经收拾得利利索索的时候，老爹扛着行李回来了。当晚，他交给妈妈100元。妈妈惊讶地问，你出去大半年，咋就挣这么少啊？老爹说，钱是挣一些，但吃的贵，你知道我的饭量比别人大，都吃回去了。妈妈虽然很失望，但想想老爹说得也在理儿，也不能让人在外饿着肚子出力呀。她只骂包工头心太黑，把劳力的钱都琢磨回去了。这事也就过去了。

第二天，姐姐回娘家了。老爹长期外出，姑娘回来看看也是正常事儿。但姐姐说的一番话让妈妈气得七窍生烟，最后笑了起来。原来姐姐告诉妈妈，老爹带回来的钱不是一百而只有二十，怕回来挨骂，在回家之前先去她家借了八十才敢回来的。妈妈笑着说气得肝疼，再也不让老爹出去打工了，因为她怕不知道哪次会赔钱。

人吃五谷杂粮，难免会生病，尤其是上了年纪的人。有一次有乡亲捎信来，说身体一向结实的奶奶病了。妈妈便赶紧收拾要去看看，让老爹在家继续收拾庄稼。爹说他去，因为他有点儿想妈了，奶奶是他的妈。妈妈同意了，怕有闪失，把钱缝在老爹的衣服里面了。老爹没带过钱，一路上不放心，在客车上不停地抚摸缝钱的地方，摸到硬的感觉才放心。下车一阵拥挤和忙乱，老爹只适合做一件事儿，所以摸钱口袋的事儿就忘了。等到奶奶家，老爹要尽孝的时候，一摸，咦，怎么没了!翻开衣服看看，妈妈缝的小兜上贯穿着一条大刀口。老爹不但没尽上什么孝道，还是奶奶给拿了路费才不用走回家。

晚年的老爹患了脑血栓，好了又复发几次，但恢复得都挺好，唯一的病根是说不出话来，想表达就靠拿手比划。儿女们和远亲近邻来看他，少不了要留点儿钱给老人家。他一改早年有钱就上交、兜里不揣钱的优良传统，一概捂在自己手里。妈妈问你留钱干啥呀，他比划说要买手机。不能讲话的人买手机，当时把妈妈和妹妹笑得趴在床上起不来。但拗不过他，只好告诉他别弄丢了，继续由他保管。

有一天妈妈外出回家，发现家里一片狼藉，老爹正站在地上喘粗气。见妈妈进来，冲上来就是一顿手势。原来爹妈没在家时，妹妹来收拾屋子，把很多杂物都卖废品了。而这其中恰恰有老爹藏钱的一双破袜子。

妈妈急忙去找住得不远的妹妹，妹妹又去收废品的家里去翻，终于找到那双袜子。

拿到失而复得的钱，老爹摩挲了一会儿，还是递给了妈妈。

他再也没提出买手机的要求。

姐　　姐

姐姐来电话，说家里的李子熟了，问我是捎来还是我去吃。城里什么都不缺，姐姐给我的，是浓浓的同胞情。

家里困难，姐姐很小就下地干活了，接着是结婚生子，一辈子没有离开农村，没有离开贫穷与操劳。前些年，姐姐承包了村里的水库，鸡鸭鹅狗猪牛鱼，整天忙得头不抬眼不睁的。收入多了投入也大，天天进钱也天天花，手头依然总是紧紧巴巴。摊子大了，有时候需要大笔的投入，家里没有又不好意思开口，愁得姐姐姐夫团团转。

姐姐的水库建在山窝里，满眼的山色裹着一汪碧水。到了这里，嗅着草香，闻着鸟鸣，立刻让人有了超凡脱俗的爽气和畅快。

四季里都可以吃到库里的鱼。一位懂行的朋友说，姐姐水库鱼的肉质特别好，咬上去有嘎吱嘎吱的感觉，口味也特别香醇。如果季节好，还有熟李子、烀苞米、炖大鹅。

常常带朋友们去姐姐家度周末。姐姐一家从前一天就开始忙着打鱼、杀鸡、掰苞米。为了方便行车，姐夫去年还把一里地的山路全部铺上了碎石。

不希望姐姐生活得太辛苦，每次都想给她做点儿贡献。给她买了打鱼的船、抽水的泵和看电视的卫星接收机。这些姐姐都高兴地接受了。还想借钱给姐姐盖一幢砖瓦房，她却无论如何不同意。她是怕给我增加太多的负担，也担心自己背上还不完的债。

姐姐姐夫都是朴实的农民，只知道干粗活，不知道做买卖。几次劝他们打鱼卖钱，都说地里活儿多没工夫。好像离开了吃苦力的农活，生活就变得不踏实了。

每年春天，姐姐插完秧后，都有几天累得直不起腰来。没办法，只好给姐姐一笔不多的钱，让他们雇工。姐姐已经是五十岁的人了，希望她过得轻松一点儿，幸福一点儿。

下周末什么也不做了，去姐姐家吃李子。

二　哥

二哥是六大爷家的二小子，比我大7岁。

由于住得距离比较远，小时候并没有来往。上初三的时候，我转到了二哥上学的学校，哥儿俩才认识了，并成为好朋友。

二哥中间辍学，干了几年农活，也有了对象。但干活累酸了他的筋骨，高考搅活了他的心。不顾家人的反对和对象家完婚的催促，插班到高二学习。苦于基础的欠缺，二哥常常用自行车把我带回他的家，吃完饭后在一个炕桌上学习，遇到什么问题就来问我。当时二哥给我的印象是极度地刻苦。常常是我睡醒了，他还在学习。我起床后一起洗脸吃饭，然后上学。

毕竟基础过于薄弱，二哥名落孙山。但他的命运却因为这一年的奋斗而改变，第二年就当上了民办教师，过两年又通过考试转为公立的，脱离了脸朝黄土背朝天的农耕生活。

上学那年，由于吃饭不及时也不顾冷热，二哥落下了胃疼的毛病，一疼起来就满炕打滚儿。别人告诉他一个治胃病的偏方，是土霉素和痢特灵各4片同时服用。他止痛心切，一次就每种各吃了30片，结果因为药物中毒到县里住了一个月的医院才保住性命。

二哥不服输的个性在工作上也有很好的体现。当上小学老师没几年，他所教的班就在全镇统考中总成绩排到了第一名，为此镇里还给他涨了一级工资。他把这个消息写信告诉了读大学的我，并让我在大城市里帮助找些教学书籍。

放暑假了。当我带着参考书来到二哥家的时候，二哥有点儿尴尬地说：老弟呀，当老师挣得太少了，我停薪留职不干了。当时教师的收入和地位都不高，我也没表示反对："那你打算干点儿啥呀？""嘿!我干俩月了，上街里倒腾点儿锅盖、搓衣板、饭盆啥的到各村卖，有时候一天就能挣我一个月的工资。"

干了几年，二哥真的是收入颇丰，成了远近闻名的富裕户。有了原始积累，他便投入几十万元开了一家石材加工厂，还给二儿子买了台跑运输的大货车，日子红火得让周围的人直眼热。天有不测风云。正当二哥盘算着下一步发展、准备办成个大集团的时候，出事儿了。

很多年轻人厌倦了村屯里枯燥乏味的生活，向往大城市华灯闪耀的美景。二哥的二儿媳妇也总闹着丈夫要进城，而二儿子又舍不下双亲和心爱的大货车。二人在行进中的大货车上为去与留的事情争论不休。走神的二儿子与对面来的出租车正好迎面撞在了一起，出租上的四人当场命丧轮下。

接到二哥要请律师的电话，我仿佛看到了现场的惨景。我问他，你打算怎么处理这件事儿？他说，我打算尽量赔，一是为了拘留的儿子，二也是安慰受害者的家属。我说你赔得起吗？他说，赔完之后我的家底也该精光了，大概还得拉点饥荒。钱是人赚的，重头再来吧。

听完之后，我心底里对二哥产生了无限的敬意。一个五十多岁的农民，一个恨不得把钱攥出水来的地主的后代，能用这样豁达的心态来对待人生的一次重大挫折，应该是难能可贵的。因为他完全有理由拒赔或少赔。

前几天接到二哥的电话，他高兴地告诉我，由于他和儿子们的努力，欠别人的钱已经全部还完了，再过几年经济条件就会恢复过来。

二哥是幸福的，这种幸福缘于他不懈的奋斗，更来自于处理重大问题时所表现出的坦荡，来自于他面对金钱时的努力与释然。

小琴

一晃有二十年没联系，今年夏天突然接到小琴打来的电话。她说儿子考上大学了，请大家去吃喜。放下电话我感慨万端，思绪仿佛回到了二十多年前。

小琴是我小时候的邻居。我家住西院，她家住东院。两家中间有一条通向南北大道的胡同。隔着胡同，对方家在院子里做什么，看得一清二楚。

小琴个子高高的、瘦瘦的。农村的小女孩总是灰头土脸的，只有小琴天天把自己打扮得干干净净，所以村里人都把她叫林黛玉。

虽然和我同岁，但小琴早一年上学，一直比我高一年级，再加上生日大了几天，所以见到她的时候叫琴姐。琴姐在班级里是学习的尖子，叫姐的时候又多了分敬重。

小琴高中毕业那一年，正好赶上第一次高考。嫌家里人多地方小，每天放学后就爬到建在我们两家中间的苞米楼子上学习。看着苞米楼子里的灯光要亮到很晚，心中对琴姐的学习毅力和劲头分外敬佩。我和全村人都希望她能考上大学。

天不遂人愿。小琴只差一分没有考上学，失望的不止是她一个人。也难怪小琴，她上学的时候每天不是下地劳动、开批判会，就是丈量土地、估算产量，文化知识学得少之又少，先天不足一时难以弥补。

小琴也是这么想的。她认为仅仅是一分之差，自己再复习复习，考上个中专离开农村是不成问题的。所以高考刚结束，她就开始新一轮的学习复习。

小琴复习的第一年，我也到县里读高二了。每个周末回来，小琴都带上琢磨不准的问题来找我，一起研究计算。开始的时候还需要我用心思考，后来就觉得她提的问题非常简单。这说明小琴所学的知识已经不适应竞争激烈的高考了。虽然在复习中自己进步了，但进步的速度被专门针对高考的教学方式给抵消了。

果然，在第二年的高考中，小琴又离最低的录取线差了六分，再一次落榜了。

小琴不服输，第三年要去县城的高中去复读。

头一年复习的时候，因为考上的希望大，而且在家学习只是少了一个劳力，并没有其他开销，家里人还算支持。但这回要花复习费，还要管吃住，家里有点儿吃不消。

妈妈显得格外不耐烦。

假期里的一个早晨，还没起来就听见小琴的妈妈在院里骂：挺大个丫头咋就不想嫁汉子呢，整天上什么学，家里要穷掉底了，哪有钱供啊！

顺着骂声走出房门，只见小琴倚在胡同的杖子上哭泣。妈妈不希望长大的女儿成为家庭的负担，小琴特别想通过高考改变自己的命运。两个人都值得理解。

我上学走了，听说小琴还是去复习了。临走那天，妈妈把她的书包藏了起来。是小琴的爹爹像做贼一样偷出书包，再送给等在村外的小琴。

这年高考，小琴又未能如愿。这回妈妈把她的书包填到灶炕里烧了。小琴只好当了民办教师，嫁给外地一个木匠，很快有了儿子。

听家里人说，小琴不但要教学，还要和丈夫种家里的地。但不管多忙，一回到家便拼命教儿子认字学算术。只要丈夫一说她只管儿子不管家，她就生气，就急眼。丈夫拿她毫无办法。

接到电话，真觉得小琴这些年的心血没有白费。其实她打电话来，哪是让乡亲们赴宴啊，这分明是在告诉大家，自己一生都没有实现的愿望，终于在下一代人的身上变成现实了——这对她的心灵是一种极大的安慰。

小琴是普通的农家女，小琴是不一般的强者。

喜　　凤

我上学的时候，大队的三个村都有小学，我们村是大队所在地，设有初中。各个村的孩子小学毕业后就合并到我们村上初中。

小学毕业初中一入学，各村学生打乱分坐，而且是男女生一桌。我是靠窗的座位，外面靠过道的，是另一个村的女生，名字好记，叫喜凤。

喜凤个子不高，眼睛大而水灵，梳一双长辫儿。她常穿的，是蓝裤子配粉格子的上衣，看上去白净整洁，给人很清秀的印象。每当老师讲课，她都瞪大眼睛直视黑板，注意力高度集中。这一举动让我这个上课愿意溜号的学生羡慕不已。

当时男女生很少说话，我又内向，更羞于开口。每次下课，我都静等喜凤站起来后自己再出去活动活动或者上厕所。有一次下课，我看见喜凤趴在桌子上不动，自己无法出去。好在不内急，就朝窗坐着看课本。

突然，我感到桌子地震一般地晃动。转头一看，喜凤依旧趴在桌子上，但身体在剧烈地扭动。是她把桌子带动的。不知道怎么回事的我情急之下迅速地跳到高高的窗台上，回身俯视，想知道到底发生了什么。

就在这时候，和喜凤同村的学生们都哄堂大笑起来，在笑声中有的同学说："哈哈，看把他吓成这模样了!"原来他们不是在笑喜凤，而是在笑我。后来才知道，喜凤有癫痫病，在他们村上小学的时候犯过几次，所以同村的同学们已经是见怪不怪了。

知道喜凤有这种疾病，就多了一分特殊的关注。后来的喜凤虽然听讲时注意力还很集中，但似乎没听进去什么，考试的时候总是在班级里垫底，而癫痫发作的频率却越来越高。下课后也不再像原来那样文静贤淑，经常一个人边走路边自言自语。初中两年没到头，喜凤就不念回家了。我的同桌换了别人，大家又都忙于学习，很快就没有人再提起喜凤了。

高中毕业回家过暑假，妈妈告诉我喜凤明天要结婚了，嫁的是我们村闯关东来的大龄光棍李海山。

农村规矩，一家办喜事儿全村不开伙，只要送上三五块钱的礼金，全家人都到新人家吃席。虽然不愿意凑热闹，但对喜凤现状的好奇驱使着我也去坐席了。婚礼没赶上，挨桌敬酒时看见喜凤了。喜凤个子长高了，穿着大红的结婚衣服，有一点儿新人的感觉。但神情却完全像个农村人说的傻子，她行动迟缓，眼神游离，做什么事全由新郎牵着手或者趴在耳边告诉。

看着喜凤变成这个样子，心里很不是滋味，有点儿恍如隔世的感觉。草草地扒几口饭，我便尽快地溜回了家。

第二年放暑假再回家，喜凤生了个大胖小子。没有喜凤肯定要打一辈子光棍的李海山高兴得每天合不拢嘴儿，干起活来格外起劲儿。但听家人说，李海山除了卖力地干农活，还有一个重要的活动，就是看着喜凤。因为这时候的喜凤常常没有原因和目的地抱着孩子到处走；而一旦癫痫发作，说不定会把孩子扔到什么地方。李海山生怕母子两个出现什么意外，干会儿活就要回家看看。

百密难免一疏啊！

在一个风雪狂作的深冬里，大清早起身的李海山看喜凤母子俩睡得正甜，便匆忙地拉起手推车向自家的小片地里送粪肥。等他满身冒着热气、气喘吁吁地推开家门的时候，最害怕的事情发生了：母子俩没了踪影!

李海山像疯了一样，拔腿就往喜凤娘家住的村里跑去。娘家没有，他又飞快地跑回本村，和听到信儿的社员一起开始在冰天雪地中展开了地毯式的搜索。直到天擦黑的时候，有凶信儿了。一个到河南岸串亲戚的社员看见有人躺在大河的冰面上。由于身上满是积雪，连男女都没看清就吓得一路跑回村里了。

很多社员手拿锹镐跟着李海山到了南大河，一幅惨不忍睹的场面展现在大家面前：喜凤蜷着身子侧躺在冰面上，身上盖着厚厚的积雪，只露出颧骨和几绺随风摆动的长发。在离喜凤北侧不到两米的地方，她不满一岁的儿子保持着爬行的状态，一只小手正伸向家的方向。

风雪过后是晴明。

初升的太阳穿透格外澄澈的天空，把每一片雪花都照得晶莹透亮，反射出金色的光。一挂马车拉着喜凤和儿子共用的棺木，在这黄白两色交汇而成的美丽景色中缓缓地向山里行进。

短短的二十多年里，喜凤受尽了病痛的折磨。而此时，美丽的景色伴着她，心爱的儿子陪着她，正快乐地走向没有病痛侵扰的另一个世界。

狗剩子

在农村有一个说法，是孩子的名字越难听就越是好养活。所以千奇百怪的脏话怪物都成了人的名字了。还有的在成长过程中别人给起的，叫的人舒坦，被叫的人也安然。像二赖子、满桌子、三卵子、大肚子，比比皆是，没有人以此为怪。上学的时候也都起过大名，但长时间不叫，一提起来反倒有很多人不知道是谁了。今天讲的这哥儿俩，大的叫地主，小的是狗剩子，简称剩子。家里男孩女孩14个，这俩是最小的。

生产队的时候，不上学就得马上上队干活，养家糊口之后是结婚生子，每个小伙子一直都是一匹带着笼头的马。有点儿恶习也不外乎是奸懒馋滑，出不了大格儿。但一包产到户，肚子饱了，活儿少了，心却不安分了。

农忙的时候帮家里种地收割，这地主和狗剩子倒还是把手。一闲下来，没家没口的难免惹点儿事端充实一下无聊透顶的生活。所以偷个鸡摸个鸭都是不用掩饰的秘密，被偷的也懒得去纠缠了。但有一天全村轰动起来，这哥儿俩捅大娄子了。

不知道什么时候，地主和剩子认识了一个县城里的小青年，三个人勾搭连环地总在一起，经常出现在村子里，过几天又都没了影儿。刚过完春节，三人又一起回来了。不过这回回来城里的小青年就再也没回去。

不知道什么原因，三个人翻脸了。上阵亲兄弟，打仗父子兵。哥俩儿一顿乱棒，打得小青年血流七窍，魂断水边。小村里还没见过这样死的人，远远望着村头水泡子边上的尸体，顿时像炸锅一样议论纷纷。但谁也没有勇气把这种议论向外扩散，向警察报告，包括村干部。

还是几天后小青年的家长向公安局报案，尸体才被移走，地主和剩子也进了局子。

凶手没有悬念，凶器也没有悬念，关键在认定致命的一棒子落在谁的头上。作为哥哥的地主进局子之前对剩子说，进去我就背了这罪。我都三十多了，判刑和挨枪子没大差别了，你一定好好活着出来，孝敬咱爹妈。

坏人也有真感情，这句话救了弟弟的生命，也救了他的灵魂。

地主伏法了，剩子是14年的徒刑。

十年后，剩子被提前释放了。回到家的时候，父母都已经去世。去世前想把老房子翻盖一下，等儿子出狱。旧房子扒了，新房子的料还没备齐，两位老人便双双不治了。

坐在空荡荡的房场上，剩子抱头一顿痛哭。在给双亲磕过头之后，他便起身离去。

剩子来到黑龙江七台河的一个小煤窑，专拣最苦最累最危险的活儿干，整整7年的时间他没有离开煤矿一步。7年之后，剩子和矿长道个别就回家了，用卖命的钱把房子盖了起来，还娶了媳妇，开始了新的生活。

后面的7年一定比前面的10年还难挨，但剩子觉得10年只够他洗心，不足让他革面。洗心又革面后的剩子就像一个落伍者，终于在代价沉重的磕磕绊绊中重新走上了人生之路。

等待剩子的，也许还会有沟坎。

“欧”老师

小时候，我的家在两个县的交界处。村的北面和东面是山，南面和西面是河，仿佛这里是一切的尽头，仿佛这里和外面的世界是隔绝的。每天面对的是熟悉的山水和熟悉的人，难得有新鲜事儿的刺激。跑来一辆大汽车，孩子们会跟着跑到不见踪影；十里八村放电影，不管看过几遍也要跋山涉水——生命永远是求新求异的。

1972年的春天，我上学了。这是令人高兴的事儿，背着小书包，里面是散发着油墨香味的新课本。同龄的小伙伴们聚在一堆儿，上课一块学习，下课一起玩耍，感觉爽极了。

教我们班语文和算术的是叫欧阳春的女五七战士。她来自吉林市，年龄应该比我的爹妈大十多岁。由于农村人不知道有复姓这一说，我们都叫她欧老师。欧老师是我们村唯一一个戴眼镜的人。她的眼镜很厚，镜片上有很多圈。当她擦眼镜的时候，我们看到她的眼珠向外凸出而且僵住不动，有点儿吓人。那时候在村里有一本大书，叫《欧阳海之歌》，讲的是一个舍身拦惊马救火车的解放军英雄的故事。由于欧老师和欧阳海名字的前两个字相同，大家便纷纷猜测她是不是欧阳海的妹妹。最后的结论一致认为不是，因为如果是英雄的妹妹，她一定不会生活在我们村，早该去北京进中央了。

欧老师上课的时候，带了很多纸壳，上面写上大大的拼音字母，让我们每个学生跟着她念。集体念几遍之后，她便挨个儿提问，答对了她点头；如果错了，眼镜后的眼睛瞪得圆圆的，不停地摇头，直到我们念对为止。字母教完了，她用同样的办法教生字生词，从一年级一直教到四年级。

由于我对学习很感兴趣，而小学学的知识又不多，所以基本上每次考试成绩都挺好，欧老师就高兴。有一次妈妈对我说：欧老师找我唠了，她说邓小平上台了，以后肯定能考大学，让我坚持供你上学。你就争点儿气，妈妈再累再苦也供你。听着妈妈的话，心里热乎乎的，也由衷感谢欧老师，和唯一一位关心着我的未来的人有一种自然的亲近感。

欧老师家有三个儿子，老大老二都在我们村务农；老三刚毕业，不上生产队干活。听大人说，他从小就养成了盗窃的毛病，经常被公安逮去押一段时间再放回来。欧老师劝他，他就动手打妈妈。那时候就想，等长大了有力气一定要教训这个不孝的家伙。

没等我长大，欧老师一家回城了。我和妈妈都实现了欧老师的愿望，妈妈一路辛苦地供，我磕磕绊绊地学。在这个过程中，妈妈和我经常不由得想起欧老师。

回城之后，便一直没有欧老师的消息，算来欧老师应该是八旬的老人了。如果有机会，真希望再叫一声欧老师，我相信这是对她最好的回报。

这机会不一定有了。

李 老 师

一

打上高中就没消停，走马灯似的换了好多个班主任。有男的有女的，有在职的有离退的，有的时候还来个暂时空缺。

李老师是我们班的最后一任班主任。

记得一天清早去教室，看见一位中等个子、长得白白净净的男老师在打扫门口的垃圾。上早自习的时候他自我介绍叫李基云，是我们新来的班主任。

对这个名字早就听说了，这位朝鲜族老师原来在县里另一所高中教政治。虽然那是一所普通高中，但他教的政治科高考分数一连好几年都排在了全县第一的位置。大概是俺们这所重点学校的领导无法忍受这样的现实，动用各种力量把李老师挖了过来。敬佩产生敬畏，李老师的到来使得班级乱哄哄的班风有了一些转变。

李老师到班级里所做的第一件事是重新排座。别的老师都是按大小个儿排座，小不点儿在前，大家伙在后。而李老师是按学习成绩来排，好点儿的在前，差点儿的靠后。学习好的高兴，这样的位置不光能专心地听课，也是一种身份和成就的象征；学习不好的也高兴，坐在后面隐蔽性强，看个小说、睡个小觉老师不易发现。

按常人的理解，文科学的东西，包括历史地理政治和外语，无非就是死记硬背。有的科目的老师也是这样理解所教的课程的，所以一到上课时间便在黑板上抄上几道题，让大家填鸭式地背下来，之后下课。

李老师不同。

他把政治课分成科学社会主义、唯物论、辩证法和时事政治四大部分，让学生们在把握整体架构的前提下，对其中的内容进行理解性的记忆。

每到李老师上课，无论是学习好的还是不好的学生都愿意静下心来听一听。延边大学政治学系毕业的他不但知识渊博，让我们大开眼界，而且讲课的过程中还带有浓重的感情色彩，让大家为之动容。记得他讲到毛泽东在中国创造性地运用马克思列宁主义理论的时候，眼里竟噙着泪水。这让最喜欢调侃的淘小子们也充满了敬意。

生活中李老师也是有心人。周末的时候，他常邀请我们几个住校的学生到他家去。李老师不但留大家吃饭，还供酒。夫妻俩都是学生出身的政治老师，家里也像宿舍。墙上贴的不是年画，而是几张政治课的表格。在每天回家的有限时间里，李老师一定还想着如何讲好明天的政治课。

李老师有一个别的老师自叹不如的绝活儿，那就是押题。他把政治课的内容进行科学地分解，然后再结合当今的政治形势以及历年高考中出题的内容，分析出本年最可能出的题目。他把自己所选择的问题印在一两页纸上，在高考前几天发下来，让大家做重点的复习。由于不相信两页纸有那么大的效力，我基本没有认真对待，结果吃了大亏。

高考前报志愿，我向李老师提出想要报考北京大学。他考虑了一下说，最好不要报吧，如果录取不了，别的大学也不好进了。高考成绩出来之后，每当见面，他都向我表示歉意。其实我一点儿也不在意。首先我们都需要安全，另外哪个老师不希望学生更好呢？

学生成绩的好与坏，除了主观因素之外，在很大程度上取决于老师的引导。大学毕业前，我找到李老师，说自己想回到母校当老师。一听这话，李老师马上显得极不高兴：老师的待遇太差了，一定不能回来！

二

一年拼命式的工作，累垮了李老师。

后来他对我说，每天他上班的时候，家里人还都没起床。无论春夏秋冬，他都是盛一碗剩饭，泡上开水喝掉，之后跑步到校上班。再加上他一闲下来就喜欢喝白酒，我们毕业不久，李老师便患上了严重的胃溃疡和肝硬化。

长时间的手术和住院治疗，使李老师无法到班级去讲课，但他并没有休息。他和学校共同想了一个继续教学的办法：他躺在病床上讲课，由别的老师把李老师的声音用录音机录下来，再拿到课堂上去播放。就是用这种办法，李老师又送走了一届毕业班。

放假的时候到李老师家，只见房间里除了有点儿发黄的政治图表之外，又增加了整面墙的明信片，那是考上大学的同学们寄给他的贺年礼物。仔细想来，这图表再加上贺卡，基本上是李老师生命的全部了。

再后来李老师调到延边州委党校工作了。

他能调回延边，是因为他的同班同学当上了州里的主要领导。回延边之后，他不但从来不向当领导的同学提要求，而且别的同学来找领导办事儿的时候，他还替领导挡驾说情，为此他得罪了很多同学。

有一次出差到延边，多年不见，又怕李老师因为手术的关系不能喝白酒，就买了一箱啤酒抬到家里。结果和老师边喝边聊，两个人竟然在一下午的时间把一箱酒喝个精光。见老师这样高兴，第二天只好再抬一箱上去，留给老师慢慢享用。

李老师告诉我，儿子几个月后就要结婚了，我便留下一点儿钱作为贺礼。过了一段时间，李老师来信了，信封里面夹着儿子和儿媳结婚时的全家福照片。他在信中告诉我，儿子结婚时穿的衣服是用我送的贺礼买的。

哪个钱买了什么东西，这哪能说得清楚呢？但这件事说明了一个真理：一位老师，永远希望他的学生们有出息，永远希望同学们还记得老师所做的努力与付出。

几年前，李老师退休了。每年的教师节，我都要给他打个电话，祝福他健康快乐地安度晚年。

我想这个心静如水的老人会幸福的。

苑老师

上个月收拾书柜，突然发现了初中班主任苑老师的手书字帖《长恨歌》。查一下落款的年份，是1991年，也就是我参加工作的5年之后。在2005年的时候，苑老师因为得了白血病而不幸去世，这本字帖已经是他的遗作了。看着它，我仿佛回到了跟苑老师学习交往的岁月。

苑老师叫苑真，是我初中三年级的班主任，所教的课程是语文。

苑老师是家里三代单传的男孩，读初一的时候，由于有人说媒，父母又望孙心切，16岁的他便辍学完婚，开始了传宗接代的艰辛历程。说是艰辛，一点儿也不为过，因为前五胎全是女孩儿。当我班主任那一年，刚刚25岁的他自行车的前后各带一个女儿上学，其余三个在家里嗷嗷待哺，但就是没有男孩的影子。眼见计划生育政策越来越紧，老人们急得如火燎眉毛水上房。

农村缺少有文化的人，结婚后苑老师当上了村小的民办教师。老婆孩子有两位老人管着，吃米不管闲事的他一心一意琢磨起所教的语文课来。他这一投入还真是出了成果：首先把字练得特别漂亮，板书在全县也无人能比；其次是每篇课文的字词句章他都力争弄懂弄透，不光自己教透，还要让学生也学透。据说他还写信与当年的全国汉语界泰斗级人物吕叔湘探讨过语法问题。小河养不住大鱼，他由村调到乡中学，成了初三的语文老师，我是他送走的第一届毕业生。

苑老师上课时很严肃，对学生要求非常严格。但同学们都不太怕他，因为我们能感觉到他是以平等的心态来对待我们。这期间也有很多趣事儿值得回忆。

有一次，一位烟民同学上课迟到了，苑老师不声不响地走过去，用小木棍轻轻敲着他的头说：拿出来。同学掏出一个信封怯生生地递给他。他把信封抻直并打开封口说：张嘴!同学张嘴的一瞬间，信封里的烟面全部倒进了嘴里。这位同学踉踉跄跄地跑了出去，后面是一片笑声。

还有一次，一位外地同学迟到了，苑老师不紧不慢地说，喂，那位同学，怎么才来呀，跟谁约会去了，可别跟我学呀，没出息。当时大部分同学还不懂他问的是什么意思，只见迟到的同学满脸涨红，使劲低着头。结果没多久，他真的步了苑老师的后尘，辍学结婚去了。

每堂课讲完了，我们大家做练习的时候，苑老师便开始在黑板上练字。只见他时而拿笔书写，时而以手敲头，接着又擦掉重写。在文化极度贫瘠的乡村，看着他的作品，对任何人来说，都是一种享受。我曾偷他的教案来照着练字，他也乐得助人，经常给我写几页练着，竟然到毕业后十多年还是如此。

我们毕业的时候，班级同学考试成绩很好，而恰恰此时苑夫人生了第六胎，是个小子。事业家庭双丰收，大概此时是苑老师人生最为得志和辉煌的时候。

苑老师告诉我，从他妈妈家论，我们是不太近也不太远的亲戚，我应该叫他哥哥。既是恩师，又是亲戚，毕业后也断不了联系。而因为这个哥哥一叫，我也占了不少便宜，有时开心了就逼同学们叫我叔叔，他们谁也不敢反驳，只好敢怒不敢言地忍受我的精神折磨。

上大学的时候，苑老师写信告诉我，自己调到了黑龙江一所农场的中学教书，理由是原来的学校工资太低，养家有困难。但后来留在当地的同学却有他调走的另一版本。说一位大龄未婚女教师疯狂地爱上了他，他也将计就计，二人处得火热。幸亏夫人及时嗅到气味，动用各种力量棒打鸳鸯。风流事一过，教师不好当了，才换了单位。越远越安全。再后来他又调到青海一个地级市的铁路中学。

虽然距离远了，但由于铁路上有免费乘车的便利条件，苑老师基本上每年能回来一次。他有一个爱好：打乒乓球。每次从青海动身之前，都打电话让我约高手过招。由于刚开始不知道他的水平，找些一般的和他对打，他痛赢之后还会埋怨我。后来找了高手，他才不再苛责我，但从来没听他说打不过对方的话。有一次在长春时正赶上他的生日，我说送你一件礼物吧。他想都没想地说：球拍。

从认识他起，苑老师不变的打扮就是一套藏蓝色的中山装，他的个性也仿佛停留在了那个久远的年代，什么事情一就是一，二就是二，从来不会委婉和迂回，所以有时要吃些亏，也有时让我们这些学生为难。2003年，他退休回到老家。在一个风雪交加的冬日里，他打来电话说，你下午来接我一趟，我要去长春。我急忙问：老师有什么事要办吗？没有，想去打球。这个要求让我哭笑不得，我说老师呀，这种天开车太危险了，你要来就打车来，我报销。只听他失望地说，哦，那就算了。其实我明白他是退休之后无聊，偶尔想享受一下桃李满天下的快感，但冰雪天里真不敢给他这个风光。后来他到一所乡办中学代课，每天有课离不开，消停多了。

2005年春天，苑老师给我打电话：老弟呀，这下坏了，我有白血病了。我劝他说，没事的，你是福大之人，会长命百岁的。他无奈地说，屁吧，够戗。听他这么说，我约几位同学去看他。果然见苑老师前所未有的瘦弱，化疗之后头发已经全部掉光了，呼吸也非常急促。我们一面安慰他，一面通知同学为老师捐款。一周后，52岁的苑老师去世了。

直到现在，我们同学见面还经常会谈起苑老师。他既是老师，又是我们的好朋友。即使毕业后多年，他也一直关心着我们的学习和生活，那种关心是发自他内心深处的。

我们为失去好老师，同时也为失去一位好朋友而伤心难过。

张 老 师

一

刚刚恢复高考的时候，学好数理化才能走遍全天下，文科不吃香，不但招生少，同时也给人没有真才实学的感觉。所以当时的文科是没有人愿意去。但上了高中之后我物理学不好，便听了当老师的叔叔的劝说，在高一的下学期改学了文科。

初中升高中我考的分数比较高，原来的班主任听说我要到文科班去，有点儿失落。她告诉我：到了文科之后要忍受两件事情，第一老师不是最好的，教啥样没准；第二学生啥样的都有，就是爱学习的少。

头两天上课老师认真讲，学生认真听，倒也无事。到第三天麻烦了。本来不愿意学习又淘气的哥们儿们本想到了文科会使自己的状况有所改变，一看听起来也挺头疼，便不再忍受。每堂课开始都有蚊子般的私语声，最后基本上变成了每堂课都仿佛上在自由市场里似的了。

但也有唯一的例外，那就是上语文课的时候没人敢说话。老师叫张龙珠。他的口音一听就是朝鲜族。听学生们私下里说，他原来是在特务连当兵的，身手不凡。虽然没见他打骂谁，但大概是他传说中的身手是大家给面子的主要原因。

朝鲜族，又是当兵的出身，能教好语文课吗？我虽然耳根子清静了，但心里发凉。果然问题来了。在一堂古文课上，我听张老师把两个词讲错了。忍到下课，我拎着书在走廊赶上了正要离开的老师，并提出了我的疑问。张老师认真听了我的想法，又仔细看了看书，说：“我回去查一下。”

接下来的几节课，老师一切正常地上课下课，从来没提起我的疑问。时间越长我心里就越紧张：是不是自己的问题惹老师不高兴了？他会不会找机会给我穿小鞋？好在过了不久，语文老师换了，我提着的心也就放下了。每天是紧张的学习，基本上没有机会见到别的班的老师，这事算过去了。

临近毕业的那个学期，突然有个同学告诉我，张老师让我去办公室，我立马又紧张了起来。埋在学生作业里的张老师说：你们班自习的时候太乱，以后你到这里来上晚自习吧，走的时候把钥匙放在门框上就行。说着递过钥匙。从农村到城里上学，从来没有受到这样的优待，我感动得不知说什么好，只是告诉自己不能忘了张老师的恩情。

好景不长，校长发现我每晚到老师办公室上自习，就告诉我说不能再来。我想张老师挨批也是一定的。

我毕业了，张老师也调到一所朝鲜族中学当校长。我怕当官的，也就一直没去看他，但心中一直记着这个对自己特殊关照过的老师。

二

大概在1994年的时候，突然有一天张老师来长春找我。他说觉得当老师当校长都没劲，自己下海到一家韩国企业当高级打工仔了。我特别高兴，因为有过知遇之恩的老师来了，我就有了回报的机会了。

此后的一段时间里，我几乎天天请张老师吃饭。他特别能喝酒，一顿一斤白酒是小菜一碟。舍命陪老师，我有两次喝得呕吐不止。老师还笑着说喝个半饱。被逼无奈的我发挥自己的优势，每顿规定每人只喝4两，但一天喝三顿，总量不变。三天下来，当我再去找张老师喝酒的时候，他直摆手说今天不行了，必须歇一天!我心中暗喜，祝贺自己终于用以柔克刚的方式取得了胜利。

每次三杯酒下肚，师生便天南海北地海聊。张老师告诉我，他家里兄弟姐妹一大堆，在农村日子都过得很苦，弟弟年纪很大也娶不上媳妇。他当老师挣不了多少钱，爱莫能助。他出来打工，最主要是证明一下自己的能力，同时也希望多赚钱，给家里多些帮助。他告诉我说，韩国企业收入高些，但也都不保准。因为老板都是韩国二三代的富家公子，只醉心享乐，不关心经营。他打过工的三家企业都处于这种群龙无首岌岌可危的状态。

我忙于工作，张老师也没打电话，有很长一段时间没有见面。有一天下午他来到我单位，我自然很高兴地请他到小馆子去大喝一顿。

刚坐下，张老师从包里拿出一件漂亮的韩国服装递过来说，这个是送你的。我很意外：我怎么能要老师的东西呢？他说，你拿着吧，韩国老板跑了，走前也没给开工资，用衣服顶了。接下来他告诉我，不仅自己失去了工作，而且刚刚搭很大人情调到长春的妻子也因为企业破产下岗了。

见老师情绪非常低落，我就试探着问：老师回去继续教学不行吗？他斩钉截铁地说：不行!我一定混出个样儿来才回去，现在这个熊样儿，回去了还不丢死人啊。沉闷地喝完酒，我把老师送回家。

又是很长时间没有消息，BP机换了主人，租的房子也退掉了，张老师杳无音讯。大概是到别的城市去了吧？有机会会联系我的，我想。

三

2004年春季的一天，当我走近办公室的时候，只听里面有人和同事们谈笑风生，进去一看，原来是张老师又神奇地出现了!几年没见面，我高兴他也高兴。他告诉我，他一直没离开长春，只是一直没有找到工作，家里两个孩子都上学，生活极其艰难，最后到一个企业去打更，全家都搬到那里去住，以节省房租。我听了心里挺难受，但知道老师的性格，不好责备他什么。他说，现在来看你是因为我的情况好转了：首先是自己到一家重点高中去当代课老师了，每月一千七百块的工资，其次老婆也在一家医院找到工作了。

老师高兴自然要庆贺，我找到了几位他想见的同事和同学，到高丽饭馆喝酒。老师不但要喝，还要唱歌，直到深夜才依依不舍地同意我送他回家。走之前他对大家说，6月份我的小女儿中考，一结束我就请大家吃饭。这些年都是你们请我，这回一定让我做把东。我们大家都高兴地点头。

虽然喝多了，但张老师没有忘记他的承诺，中考要结束的那天上午，他给我打电话，说准备明天请客，并详细地告诉我要约的人，以及吃饭的时间和地点，让我负责召集。接到指令，我便开始在下午着手联系每个人。这时候，一个电话打进来，一个女声颤抖地问：你是张龙珠的学生吗？他出车祸了，很严重，现在在医大。我感觉头晕目眩，放下所有的事冲向医院。张老师没有知觉地躺在病床上，妻子女儿哭作一团。我悄悄问医生怎么样，医生只是摇头。后来家人告诉我，当天老师答应去接中考结束的女儿，大概是下班后时间紧张，骑自行车太快，在一个十字路中被侧面疾驰的出租车撞得飞出很远，头部严重受伤。

我又赶紧打电话告诉所有的同学和老师的同事前来看望。心急如焚地站在走廊里，我们心情极度压抑，也希望奇迹能够在这个坚强而健壮的人身上发生。

与死神搏斗了整整一天，在约定请大家吃饭的那个日子和那个时间，张老师去世了。

那一年老师刚刚过了50岁。他年轻时写过小说，应该还有一些我不知道的爱好。或许他还有更多的理想和愿望，或许他还要努力与命运抗争，但一切都戛然而止了。

老师安息！

石老师的幽默

上高一的时候，石老师教数学。由于他任课时间较短，没有留下什么深刻的印象。只记得每当他画圆的时候，无论是愿意学的还是不愿意学的都瞪大了眼睛：石老师把粉笔对准黑板上的某个点，用一点时间瞄准，然后迅速落笔，再急速顺时针甩臂，瞬间便画出了一个中规中矩的大圆。这个绝活让我们既开眼界又心服口服。

但学校里传说更多的，还是石老师的幽默，听起来让人捧腹不止。

一天晚上家里来客人，因为没菜下酒，石老师便揣着仅有的两毛钱到小摊上买猪头肉。小贩约完秤说：高高的，两毛二。石老师说：你再割去点儿，我就要两毛钱的。小贩不停地劝，老师就是不肯让步。最后小贩一生气，狠狠地在那块肉的中间剁了一刀，指着其中的一块说：两毛钱拿去吧!只见石老师机敏地指着另一块说：我要二分的。

学校组织老师到泰山旅游，正和同事们爬山的石老师突然发觉插在上衣兜里的破钢笔被人抽走了。等他上前索要时，抽钢笔的人已经在上面刻了“泰山旅游”四个字，并对老师说：我给你刻完字了，收5毛钱。石老师把拿过来的钢笔又递过去说：给我5毛钱，这笔你拿走吧!

珍 儿 姐

珍儿姐是大姑家的孩子，比我大五六岁的样子。

在珍儿姐还不满一周岁的时候，她的妈妈突然肚子疼得厉害，折腾了一下午之后死去了。后来妈妈对我说，大姑当时得的应该是急性阑尾炎，由于当时的农村没有医疗条件，愣生生地让这不死人的病把大姑带走了。大姑去世之后，姑父续弦给珍儿姐找个后妈。这个后妈带来两个哥哥，进门后又生了两个弟弟，珍儿姐被夹在中间儿。

在我印象中，当时的珍儿姐个子不高，微胖，给人脸圆身圆、团乎乎的感觉。她经常到我家来，总是轻手轻脚的，说话也从不大声。由于爹妈并没有告诉我们珍儿姐是亲姑姑的孩子，而且让我们管她的后妈叫姑姑，所以当时以为珍儿姐只是一个不近的亲戚家的孩子，或者是常见的八竿子拨拉不着的屯儿亲，所以没有什么特殊的感情。只记得珍儿姐来我们家常做的有两件事，一是在和妈妈说话的时候总哭，二是学校一向学生收柴火啦粪肥啦什么的，珍儿姐就到我家拿。

上到初中二年级的时候，珍儿姐不念了，随爸爸和哥哥们到生产队干活儿。在当时，孩子上学只是为了长身体，身体养成了，辍学也就是正常的了。就在珍姐下地干活不久，发生了一件很奇怪的事。

珍儿姐家前院住着老崔家。老崔家二小子名叫万里子，和珍儿姐年龄差不多。在一个全村睡得正香的深夜，独住一屋的珍儿姐突然觉得身边有人，起身开灯一看便尖叫起来。家人冲进来一看，竟然是万里子睡在里面!

爸爸哥弟一顿踹，万里子才坐起来，一边揉眼睛一边问干啥呀。你说气人不？人多势众，小弟弟上前又扇了他两耳光，万里子才站起身来喊道：别打我呀，我怎么上这儿来了？听了这话，再看他一脸无辜的表情，家里所有人都懵了：这家伙是真糊涂还是装糊涂啊？

其实珍儿姐的爸爸妈妈有点儿明白了，因为他们知道万里子可能是犯了夜游症。去年的时候万里子的妈妈就和邻居们当笑话似的说过，有一次万里子犯夜游症，半夜起来把缸里的水挑满了，把院里的柴劈完了，满头大汗地回屋接着睡。第二天早晨起来还要去挑水劈柴。既然有前面的事儿证明，看看万里子也真是无辜的表情，这事儿就没有必要闹大了。一是邻居关系还得处，二是传出去对姑娘也不好。闹哄一阵子，万里子栽栽歪歪地跑回家，这事就算过去了。

树欲静而风却不停地吹。正当家人都想把这事忘记的时候，有人看见珍儿姐每天都去找万里子，两个人好上了。

这回造成的影响可比万里子睡错屋还要大。珍儿姐家是七口人有四个劳动力，日子过得比较宽裕，年年是仓圆囤满的。万里子早年丧父，就老妈拉扯他们哥六个，只有大哥和他干活，日子过得不但吃了上顿没下顿，就连买斤盐都要四处借钱。姑娘嫁到这样的人家，自己跳进火坑不说，当爹的能看着女儿吃不上穿不上而自个儿吃香喝辣吗？所以不但大姑父反对，续弦的大姑也死活不同意。

出人意料的是，不管姑姑姑父怎么反对，平时柔弱乖顺的珍儿姐就是不表态，而且仍然和万里子来往。这事在全村传得沸沸扬扬，我自然也听说了。

一天吃晚饭的时候，大姑大姑父还有珍儿姐三个人都一脸不高兴地走进来。妈妈即刻把孩子们赶了出来。坐在外屋锅台上，我隐约感觉珍儿姐说话的态度是前所未有的强硬，不停地说着“好女不穿嫁时衣”、“富不过三代、穷不过三代”、“我是有夫有主的人了，谁劝也不回头”之类的话。在她的大嗓门之下，大人们的声音都显得小得多，并由强硬转为了无奈。

挺晚了，大人们才不欢而散。很快听说珍儿姐就搬老崔家住去了。又过了不长时间，珍儿姐和万里子搬到挺远的煤矿上，万里子也就是我的姐夫在勘探队当起了临时工。住得远了，珍儿姐也没回来过，只有年节的时候爹妈念叨念叨，慢慢地在我的记忆中淡忘了。

过了五六年，我暑假的时候去远房的叔叔家去串门儿，临走的时候叔叔说，你珍儿姐就住在不远的地方，我带你去看看吧。一听珍儿姐名字，就特别想知道她现在过得怎么样，于是就随叔叔去了她家。

万里子上班去了，只有珍儿姐在家，一见我高兴得使劲向屋里推。房子很大，但家里什么也没有，才出生几个月的孩子睡在不太整洁的棉被中。看着珍儿姐和眼前的一切，就回想起她要嫁给万里子时的样子，心里暗想，这日子确实过得不容易啊。

回来的路上，叔叔对我说，你珍儿姐挺好，别看穷，两口子从来不吵架，啥事儿你姐夫都让着珍儿姐。

一晃又是二十多年音信全无。突然一天接到珍儿姐电话，告诉我儿子要结婚了，让我去参加婚宴。珍儿姐对我这个多年不见的表弟格外热情，向我讲述了结婚后的幸福生活，并高兴地说儿子也已经大学毕业有工作了，丈夫也退休了，日子一天比一天富足，每天只盼着抱孙子呢。和我一起听着这些的姐夫一边抽烟，一边抿着嘴儿笑。

回来的路上，我浮想联翩。一个一岁就失去母爱的女孩，在婚姻的选择上又顽强地和家人对抗，仿佛这一切都预示着她未来的命运令人堪忧。但珍儿姐的讲述却证明了她后来生活的幸福，也跳出了人们的预期。这能说明什么呢？先是说明了珍儿姐的幸福是通过自己的顽强努力得来的，是性格的胜利；再就是女人婚姻靠运气。如果这万里子当了工人学会吃喝嫖赌，学会打妻骂子呢？如果真是这样，苦命的珍儿姐还有活路吗？

人生还要有几十年，在心底里为珍儿姐默默祝福。

我家有女未长成

学　语

1988年的这个时候，女儿降生了。面对又黑又丑的小东西，心中萌生了无限的爱意。血缘的力量真是强大，自从见到这个小生命，就注定你一生都要对她牵肠挂肚，那种爱怜胜过自己，胜过一切。

当女儿还没睁开双眼的时候，等待中的我突发奇想，背着所有人悄悄把棒棒糖放在她的唇边。只见她的小嘴开始是微动，接着是快速的嚅动。当我把糖拿开的时候，她把舌头伸出来，漫无目的地开始四处寻找。那种急切的心情可想而知，这是她追求美好的人生历程的开始吧。

以后想起这个情景时，我都会生发出很多感慨。追求幸福是人类最正常的本性，但可悲的是亿万的人类追逐的都是大致相同的东西。这样就会有激烈的竞争甚至是残酷的斗争，所以每个人都要面对这些，并承担由此产生的疲惫忧伤和痛苦。这个小生命在未来的日子里有能力承担这些吗?

女儿学说话较早，八个多月就开始蹦字了。也就从那时候起，我在自行车的横梁上绑了一个竹制的小座椅，一下班便在竹椅上垫上小棉垫，把女儿抱上去，开始一面兜风，一面进行语言交流。当她能说一个字的时候，我就开始努力教说两个字。她也非常配合，有时候脸憋得通红，但从来不气馁。当她有疲劳感的时候，我们就去公园、广场之类的场所去找小伙伴尽情地玩一会儿。虽然能说的字不多，但我渐渐开始感觉到女儿开始用各种方式表达自己的情感了。记得当她会说“鸡蛋”两字时，我便试着教她说“鸡蛋糕”这三个字。开始时她是先说“鸡蛋”，后补“糕”字。经过好多天的努力之后，她突然把三个字连在一起说出来了。这时候只见她兴奋得迅速从小竹椅上转过身来，紧紧地把我抱住，以庆祝我们共同努力的成果。有一次我这个护头的人终于把很长的头发剪短了。当我回到家时，女儿惊奇地看着我，突然走过来，轻轻摸着我的头说：“咦，叔叔!”她是在用自己最努力的方式告诉我，我的发型使我变年轻了。

“四人抬幼儿园”

让孩子尽可能早地受教育，是每位家长的心愿，也是忙于工作的无奈之举。一岁多的时候，女儿被送进了附近的幼儿园。

从第一天起，孩子就没有一次表现出乐于去的意愿，每天早上都要努力哄着让她高兴，然后才能同意送走。有一次，当我好说歹说把她送到幼儿园，交到阿姨手上后转身上班去的时候，她突然大哭起来：“爸爸，我不想睡觉!”这时候我才明白，幼儿园里每天午饭后都有3个小时的睡眠时间，即使醒了也不能动，不能说话，依然要静静地躺在床上。女儿晚上睡眠较好，白天当然没有那么多的觉，只能在3个小时里一动不动地挨时间，这对她应该是很残酷的。后来我仔细咨询，所有的幼儿园都是这样的规矩，无一例外。所以除了继续哄和劝之外，我没有其他办法。

当女儿3岁的时候，我搬家了，也就近为她找了一家新的幼儿园。这回哄了劝再也没有效果了，她死活不肯上了。第一天送去不久，阿姨就打电话告诉我女儿一直哭闹，我只好去接回来陪她一天。第二天强行送去，我出来她就哭闹着跑出来。当我和几个阿姨把她强行抬进去之后，我一出门她就又跑出来。

我们屈服了，只好让年仅3岁的女儿去妈妈工作的小学的学前班。

女儿给这家幼儿园取名叫“四人抬幼儿园”。

丢　了

喜欢游戏，是儿童的天性。幼儿园肯定不想去，但一到周末，女儿的眼睛就会放出兴奋的光芒。因为父母无论多忙，那也能去公园开心一次。

那个时候可以去的有三个地方，胜利公园、儿童公园和动植物园。如果依女儿的想法，每个地方都要求去转一圈儿。但这个可由不得她，因为对大人来说，一个地方就让人疲惫不堪了。于是规定，每周日只能选一个地方。激流勇进、碰碰车、摩天轮……我倒是沾了女儿的光，把自己小时候听都没听说过的娱乐项目全部补齐了。前几次，女儿还需要大人陪着才敢试，慢慢胆子便大了起来。这时候便给我分配了新的任务：给在游戏中的她照相。在取景器中看见女儿无拘无束开心的样子，真希望她一生都快乐幸福。这虽然不是父母能保障和提供的，但每位父母和我的想法都是一样的。

同样是一个风和日丽的春季周末，我带着4岁大的女儿在儿童公园坐过高空脚踏车并荡过秋千之后，她余兴未尽地要玩滑梯。于是我告诉她：爸爸去厕所，你就在这里好好玩，千万不要离开。在她的保证下我去了不远的厕所。但当我回来的时候，我绝望地发现，女儿不见了!于是我绕着不大的公园一面飞跑，一面高声呼喊，但没有女儿的回音。于是我又赶紧向距离并不远的家里跑去，家里没有；又迅速打车回到公园。来回的路上我感受到了天塌一般的绝望，仿佛周围的一切都没有了颜色。刚一到公园门口，只见一位和我年龄相仿的叔叔带着哭泣的女儿从大门出来。我兴奋地扑向女儿，女儿也大哭着扑向我。

虽然不到半小时的时间，父女的分别仿佛是一个世纪。女儿告诉我，她玩了一会儿就去找我。大概是我们在公园内分别绕了一个没有交叉的大圈。女儿的哭声吸引了那位好心的叔叔。当时只顾着和女儿交流，起身再四处寻找时，那位男子已经离开了。现在想来，心里还充满深深的歉疚和浓浓的谢意。

自从女儿降生，心就像被一根无形的绳紧紧拴住。这次女儿的走失，我的心就像被揪紧掏空一样。自责之后我发誓再也不要有分离。但常常是事与愿违。十年后女儿去了日本，让我长时间经受了离别的思念和盼归的煎熬。

逛　　街

最不愿意和女儿逛街。

小的时候逛，要这要那，而且没完没了。我倒是想把她喜欢的都搬回家，但是囊中羞涩，大事办不成，小事也难办。不可能满足女儿所有的要求。只是在什么时候有钱了，而且答应了她的什么要求，才在周末去一次。到了商店，直奔目标，买完就立即返回，不给她任何另提要求的机会。

女儿大了也不愿意陪她逛。虽然没有更多要求了，但开始总是批评我。不是这个买的贵了，就是那个买得多了。更有趣的是，一次到市场买水果，当小贩给我称好重量，我准备交钱的时候，她突然从口袋里掏出一个小的弹簧秤，一定要重新称一下，弄得我是措手不及，却又不好制止她，只能面红耳赤等她量完，交钱，快离开。即便我这么隐忍，她还会说：老爸呀，要都像你这样买东西，卖东西的可得乐死。第一要讲价，第二要看称，你得学着点儿!

我可不想学。不但不想学，能不去尽量不去，免得受到嘲笑和批判。

从原始社会起，孔武有力的男人们就负责外出从事危险繁重的活动：打猎捕鱼采摘果实；而精细耐心的女人的职责就是在家里把所有的收获物进行精心合理的挑选分类，再制作成食物供全家人享用。男人们个个都好逸恶劳，但女人们却经历千年，乐此不疲，沉淀成了逛街购物的嗜好。高兴时逛街，没事时逛街，就连心情不爽时，也把逛街当成撒气的方式。女儿也一样，很小就对逛街有一种天生的兴奋感。

但唯一体验到女儿逛街的好处，是去年我去东京的时候。好容易出国一次，最重要的是要带些小礼物给同事朋友和家人，让大家分享一下。我和同事们在东京是语言不通，地理不熟，价钱不懂。我只好求助在那里求学的女儿。女儿的专长得到了淋漓尽致的发挥：大家要买电器，带我们去新宿；买服装，带我们去银座；买化妆品，带我们去药店(日本这里的价格便宜)；买小商品，又去浅草。有女儿带着，至少大家少跑了很多冤枉路。

将要回国时，女儿得意地问，爸爸，你看这个向导怎么样？我笑笑说，分工不同而已!

出　国

13岁的时候，女儿上初三了。应该是贪玩的年龄竟然每天要学习16个小时以上。

每天我还没睡醒的时候，孩子已经上了班车。晚上7点我去学校把她接回来的时候，女儿常常在车里打盹。而回到家吃点儿东西，又要继续完成作业。大概每天睡觉的时间都在11点以后。我是一个比较爱学习的人，但怎么也不至于这样学习，而且困倦的时候一定没有办法集中注意力，学习效果当然要大打折扣。把一个学生每天折磨成这个样子，我觉得这种教育制度真是荒唐透顶。但做父母的已经做不了主，只能任由孩子被中国式教育快车带着向前跑。我每天能做的，就是晚上到校门口，把车弄得暖乎乎的，等待孩子放学一起回家。

下学期的时候，突然有了机会，可以去日本读高中。妈妈极力主张让女儿去。

我第一个感觉是舍不得还是小孩子的女儿离开家，第二个想法是孩子可以脱离中国教育的苦海，第三就是马上问女儿是否愿意去。女儿犹豫地说：去也行，不去也行。我想她应该是既觉得出国新鲜，又舍不得离开温暖的家。

既然我俩都拿不定主意，只好尊重妈妈的意见，去。

一边学习简单的日语，一边做出国的各种准备。临近出发的时候，两位我的好朋友请客为女儿送行，其中一位我非常要好的朋友说，我宁可让女儿在家没出息，也不让她出国。我听后心头一震，其实这也是我的心声。但此时开弓没有回头箭，只希望女儿到了国外顺利。

2002年的3月，还没有过14岁生日的女儿和另一个同伴将要出发了。在机场，我呆呆地望着不停忙碌着的女儿，不知道该说什么，也不知道该做什么。此时觉得什么都是多余的。在她马上要进入安检通道的时候，我使劲地搂着她，一句话也没说，然后迅速转身走向一个没人的角落。这里能让我看见女儿，女儿看不见我。

从机场回来，我没有说话，只是对要坐我的车返回的外甥说，你自己回去吧，然后独自一人漫无目标地开走了。

老　地　主

大学入学，除了西藏和上海，全国各省区都有同学。其中一位来自山西的同学格外引人注目。他姓刘，肥大的一张脸，浓密的自然鬈发，胡子总也刮不干净。天一热，他就只穿一条肥大的短裤，满男生宿舍乱窜，笑起来是一个宏亮的长串儿，整个楼道都能听见。他的肚子格外地大，向前突出着，走起路来一颤一颤的。于是有同学给他取个外号，叫老地主。之所以在地主前加个老字，因为班里还有一个比他小一号的小地主，来自江西。

听到老地主的绰号，他得意地笑了起来，这表示欣然接受了。从此以后，原名被忽略了，老地主叫得很响。

物以类聚。入学不久，我便和老地主成为好朋友。名叫老地主，其实是个穷小子。老地主家在山西西南部的农村，母亲早逝，只有父亲带着他和几个弟弟过生活，日子极其艰难。每次放假归来，他都要背几瓶山西老陈醋。别人是吃饺子用醋，他是吃馒头也不吃菜，只蘸醋。问他为什么这样吃，他会马上说，你来尝尝，醋是香的。边说边要把他正在吃的浑醋汤往对方的碗里倒，吓得大家端着碗直跑。

生活中老地主是同学们的兴奋剂，而到了学习的时候他一点儿不含糊。每门课他都学得认真和投入，而对深奥难懂的文艺理论，他格外偏爱，经常在课堂上发表令大家似懂非懂的见解，从而让人在调侃之余增加了几分敬意。

大学毕业，老地主主动要求分配到了老家所在地区当了大学老师，主要目的是为了尽孝。工作三年后，成了家；一年后，有了儿子。不久他父亲病瘫在床，他就把父亲接到他所在大学的“筒子楼”里，生活的艰难与困顿可想而知。

就在老地主父亲病逝后次年秋天，我到太原开会。老地主听说后，坐了七个小时的汽车去看我。晚上邀了上下年级十几位同学请我吃饭。哪是吃饭啊，就是喝。山西喝法叫打通关，就是提酒的人要和在座的每个人喝一杯，之后再是下个人提。一圈下来，酒量再大的人也吃不消。怕把人丢在外省，我两圈之后就跑回了宾馆。老地主拎了几瓶啤酒跟进来，叫我必须一起喝。见我不想再喝，便借着酒劲，把我整个人举起来转圈，吓得我趴在地毯上不敢再动，老地主一面自斟自饮，一面哈哈大笑。

毕业十年聚会。男同学一见到老地主便哄笑起来，女生们更是笑得直不起腰来。只见他浓密的鬈发基本不见了，露出的是光亮的头顶，而胡子却留得有一尺长，有点儿像头倒了过来，彻底颠倒了在大家心目中的形象。晚上聚餐结束，老地主醉眼矇眬地坚持让大家跟着去砸地摊，并且说由他请客，谁也不许买单。到了烤串的摊位上，老地主开始表演：整瓶啤酒打开后，将瓶口塞进嘴里，之后背起双手，腆着肚子一口气喝下去。这一绝活赢得满堂喝彩，老地主也喝得烂醉了。第二天一早，当我们从烤串的摊位上经过时，摊主看到有胡子没头发的老地主便凑过来，客气地说：先生，您昨天晚上吃串的账还没结呢。老地主听罢立马火了：你他妈说谁吃饭不给钱，是埋汰人吗？见老地主凶狠的样子，我们又人多势众，摊主马上说：算了算了，算我认错人了。一定是老地主昨晚喝到了不知买没买单的程度，大家哄笑着走了。

老地主只顾忙着养家糊口，学历依然是本科，这在大学里评职称就受到严重的制约，工作二十年还是讲师。学校为了照顾他，派到北大进修。得知消息，我们几个同学相约去看他。正值盛夏，老地主穿着一件粉色线衣，蓝色裤子，远远望去，简直一位进了京城的农民工。一见到我们，他便急急地说，快给我烟抽，我都憋死了。我一边递上去一边问，你为什么不买呀？他说，我买了五块钱一包的，死球难抽死了！原来他把工资卡留给了老婆，自己只好向学校借点儿差旅费来京城学习，除了吃饭的，就没了买烟的。同学们赶紧有的买烟，有的送钱，希望老地主在北京过得舒服一点儿。老地主也不客气，照单全收，边收边不停地说，这下好了，能对付到回家了。看到他困窘而又自得其乐的样子，真让人心里发酸。

回来不久，老地主寄来两本他出版的专著。乘着兴致，到网上对他进行了人肉搜索。结果一条学生的评语让我这个同学感到格外地开心：如果你不听他的课，你会白上这所大学；如果你听不懂他的课，说明你很“浅薄”与“无知”；如果你听懂他的课，那么你不是天才就是疯子！不信你去见见他，大学里最“邋遢”的老师，也是学校里屈指可数最有才华的人，一个善良的人。

能够得到学生们这样的评价，我觉得老地主是幸福和充实的。作为一位教师，一生足矣。

病床上的妈妈

妈妈因为胃有毛病住进了医院，我们4个孩子一起去医院陪着她。

难得孩子们聚得这么齐整，除了胃病发作疼痛的时候之外，妈妈格外地兴奋和愉快，脸上始终挂着灿烂的笑容。在愉快的交流中，自然有了很多有趣和值得记住的事。

由于姥爷当过国民党的小营长，打一场输一场，解放了就挨斗。妈妈只上了几天学就跟着姥姥去要饭。但现在捧起一本书来，还能看得津津有味儿。小外甥笑着问病床上的妈妈：姥姥，你没上过学，咋认得这么多字儿呢？妈妈风趣地说：我不愿意回答简单的问题，你看厕所上画个人扎小辫吗？那第一个字是女，后面是厕所，这不就记住了吗？我们哄堂而笑，老妈的脸上洋溢着得意的神情。

我有几个曾经见过妈妈的好朋友来看望老人家，妈妈满脸的高兴，而且有点儿手舞足蹈的兴奋。但见到客人，她竟然说的是让孩子们和客人都笑翻天的话：哎呀，我这儿子可真是的，明知道他老妈不愿意在头没梳脸没洗的时候会见客人，怎么还把你们往这儿领呢？听完姐姐笑得要喷了。

没事儿的时候，我把自己写的回忆文章打印了，让姐姐和弟弟念给妈妈听。妈妈有时仔细地听，有时叫停，作一段注解或者更正我记忆中的错误，但也有很多时候为她干的坏事辩解，认为她所做的是为了我们，而且她不是最坏的。还有的时候，她还要问起我文章里她已经忘记的人和事儿。

听着故事，回忆着一生，妈妈讲起了自己两个字的哲学，那就是“承受”。她的经典语录是，承受多少，人生的空间就有多少。她说人的一生要在承受中长大，承受中坚强，年轻人甚至是大人物的自杀，就是因为没有在自己的人生道路上用承受撑起足够生存下去的空间，最后是垮了意志，也就失去了生命。

在兄妹四人中，我是董事长，妹妹是总经理。董事长是虚的，总经理可当得毫不含糊。妹妹严厉告诉妈妈，你现在是3岁的孩子，必须听儿女的指挥。精神头足的时候，妈妈还要争论一番；理亏的时候，妹妹咋说她就咋答应，真像听话的孩子。

但更多的时候，妈妈都以各种理由劝妹妹快快回家。等妹妹关上房门刚一离去，妈妈立即坐起身，麻利地从枕头下掏出烟来点上，深吸一口，得意地说：哎，可算把小疯子糊弄走了，憋坏我了！

和妈妈的距离

二十天里，自己所做的唯一有意义的事情，就是坐在床头，握着妈妈的手，望着妈妈的眼睛。

床是病床，手已经失去了应有的热度，但眼睛依旧明亮而慈祥。

过了青春期的男人，开始生发出基于自身力量的自信。这种自信的第一个标志，就是排斥妈妈的体贴与照顾，开始向往外面的世界。

从15岁那年起，我就开始了离开家离开妈妈的生活。受伤时想家，委屈后想妈，但这种感觉会逐渐地变淡，最后被自身的隐忍与坚强所取代。男人靠自己，越来越变得天经地义。

虽然如此，对家庭对父母的思念并不会泯灭。

记得大学快毕业的时候，外省的同学们为争得进京的名额闹得不可开交，而我却主动找上本省的另一位同学，由他来选择是进京还是回故乡。我没有高风亮节，我只希望回家，回到离妈妈近的地方，让自己的心跳得踏实安然。

我越来越佩服自己当时的选择。虽然不是常常回家，但妈妈高兴的时候，可以邀我分享；妈妈忧伤的时候，可以倾述衷肠；妈妈平和的时候，可以回忆过往；妈妈生病的时候，可以端茶送汤。

三十年里，没有坐过妈妈的床头。妈妈是健康的老人，不希望把自己当成负担压在儿女的肩头。

三十年里，没有握过妈妈的双手。妈妈是坚强的老人，永远相信自己还能够为子女创出一片天。

三十年里，没有望过妈妈的眼睛。妈妈是坚定的老人，眼神里恒久不变的是永远让我铭记住的坚毅。

妈妈住进医院，作为母亲的孩子，会有很多事情要做。但我觉得最有意义的，是坐在床头，握着妈妈的手，望着妈妈的眼睛。因为在这个时候，妈妈的心头激荡的，一定是幸福和甜蜜的感受。它会超越一切距离，成为生命中最有意义的永恒。

第三辑

求学之路

读　大　书

小的时候，农村没有多少可以用来读的东西。薄薄的课本读完之后，就开始读每家墙上贴的报纸。自己家的能记住哪个角落里是什么，棚顶上又写的啥事儿。别人家的，只要进了门，就目不转睛地读，一直读到必须离开。

三年级那年的大正月里，闲来没事就随小伙伴们东家走西家地乱窜。我突然发现邻居老王家的缝纫机上有一本很厚的书。好奇地打开这本没头没尾没名字的书，我被深深地吸引了。这是一本故事书，讲的是抗日英雄的事儿。小孩没见识，我看起没完，直看到小朋友都回家了，主人要睡觉了，自己也全然不觉。见我这副神情，困得直打哈欠的王大娘拍着我的后背说，孩子啊，回家睡觉吧，明天再来看，大娘保证给你留着。

我们农村管小说叫大书，后来我才知道我读的是小说《烈火金钢》。

第二天吃完晚饭，顾不上小伙伴的缠巴，急匆匆地赶到老王家。进屋一看，心里凉了：缝纫机上没有那本大书了!我把急切的目光投向正在拣桌子的王大娘。王大娘就当没看见，依然不紧不慢地收拾着碗筷，并能听到在外屋刷碗的声音。我的心提了起来，但又不好开口问，只得六神无主地傻坐着，等她回来公布答案。磨蹭了好一会儿，王大娘才进屋里，把油灯放在饭桌上，然后转头对我说：想看书倒行，可你得给我们念，让大伙一起听，不答应那本书可就没了。

我一听心里瓦凉，原来她磨蹭就是为了吊我胃口，好和我讨价还价啊。我向来腼腆，见到生人就脸红。这读书可真是难为情的事儿，但书的诱惑也实在抵挡不了啊。想来想去，只好怯生生地说行。

王大娘像占了大便宜似的笑着从炕柜里把书翻出来，放在油灯下说：来吧。

开始的时候，脸紧贴着书，只看书不看人；慢慢地，自己的思想完全被书中的情节和内容所占据，也就顾不上听众的反应了。

从此以后，只要是王大娘没事的晚上，我都去读大书，读完一本又有下一本，其中有《三国演义》、《水浒传》、《西游记》，其他不记得了。直到我上初中住校，读大书活动才结束，家乡的人也正好开始有刘兰芳的《岳飞传》听了。我读书的三年里，听众也由王家人发展到村里的老老少少，最多的时候有三十多人，把王家的小屋挤得满满当当。我还偶尔能得到一根铅笔或者是一块橡皮之类的奖励。

除了面子矮之外，最难过的要算生字和繁体字这一关。开始的时候就是按原文的意思往下顺，经常是错别字连篇，就像把裤衩念成裤义、把郭汜念成郭已的现象常常发生。农村人文化浅，可能也是不好意思揭发我，从来没有人纠正我的错误。但后来认识了正确读音之后，每次都不禁自己脸红起来。但就是在屡犯屡改、屡改屡犯的过程中，我学到了其他人很少有机会掌握的语文知识。字词不在话下，语法也是见多识广。记得初三的时候，老师讲多重复句，绝大多数同学鸭子听雷，我却有问必答。老师反复问我是不是学过，当得到的是否定的回答之后，上课时再有什么问题，老师都是用探讨的口气来和我交流。

这段读大书的经历让我打下了深厚的语文基础并受益一生，也使我深深地体会到，语文是读出来的，不是学出来的；至少读出来的语文成绩要比学出来的安全牢靠。另一个体会是，无论学习什么，要赶早不赶晚。

大学的假期回家见到王大娘，我特意问老人家：你总是一本本地把书拿出来让我读，它们的家到底在哪里呀？大娘笑了，她指着棚上一个可以开合的小洞说，它们都住那里，那时候要是暴露了，大队干部还不得全收走啊？

王大娘告诉我，她的爸爸是当过小学老师的知识分子，这些书是他的遗产。

嘿嘿，这遗产倒像是留给我的，我该怎么感激这位从未谋面的老人家啊！

买　字　典

上小学四年级的时候，向来只卖本子不卖书的大队供销社进了一本小书，叫《新华字典》，定价是六毛三。老师说，希望有条件的同学去买一本，学习起生字的字音和字义来会很方便。

老师的这句话说到了我的心里。由于喜欢看些课外的书，总有很多不认识的生字，自己看起来闹心，念给别人听又丢人。如果有了这本小书，应该都不会发生了。

如果是吃的和穿的，我不会在乎，也不会难为父母。但老师一说完字典的事，我就去找妈妈要。当时正是青黄不接的夏天，村里人叫苦夏，估计妈妈的口袋里是一个子儿也没有。听了我的话，她连连摇头说没有。强烈的愿望刺激我犯起了倔，开始用起了唯一的一个本事：哭。从放学到睡觉没停过。

第二天一大早，妈妈就跟我商量，咱家的李子熟了，你摘一筐去县里卖了吧，够你坐车和买字典就行。听了这话，我高兴得跳起来去摘李子了。后来听姐姐说，我睡着了在梦里还哭咧咧地要字典呢，妈妈实在是不忍心了。

挎着一筐李子，坐上火车到县城。小孩儿哪懂经营啊，只知道卖完赶快去换字典。别人卖两毛五一斤，我就卖两毛钱，最后急得一毛五也卖了。旁边卖李子的人看我这样卖东西直来气，看我的时候一直不用好眼神。好在没等他发火呢，我就卖光逃跑了。

回到村子里的时候天已经黑透了。我先到了供销社，敲开早已关闭的大门，让字典和我一起回家。

说起这本字典，还有一件趣事呢。由于常常翻用，对字典的编排体例十分了解。有一天和同桌开玩笑，说我不用查就能找到每一个字，他大为惊讶。接着我便开始表演，翻五次就找到了他名字中的三个字。接下来的时间他不停地央求我告诉他方法，甚至还施以小恩小惠。我一直没有告诉他，因为只是熟能生巧，实在没有什么科技含量。

我很不爱惜物品。到上大学的时候，字典破损严重，前几页已经像被啃碎了似的，而它的字数也已经适应不了大学中文系的要求，只好又买了一本大个的，这本小字典就记不得什么时候从我的学习生活中消失了。

字典没了，事儿难忘。

抄　　书

刚上初中的时候，学的教材和原来的不一样了。仔细一看，是海龙县的什么人编的。除了少有的公式和例题之外，其他的功夫都花在让学生们估算产量啦、丈量土地啦、观测水文啦等等这样的内容上。课本和农村的生活联系紧密了，但学到的知识严重缩水了。

每天学一会儿再到场院河边丈量一会儿，倒是迎合了孩子们贪玩的心理，但知识具有的紧凑性和连贯性已经荡然无存了，自然也就打不起学习的精神。

一天要上课的时候，看见同学二肥子拿着一本发黄的书进了教室，凑过去一看，是一本上世纪50年代出版的教材，名字叫《几何》。翻开后不禁让人眼前一亮，这本书不仅用黑体字写着关于几何的各种定理，还有很多例题和练习题。它的出现，一下子就把我们学的画满农具、粮囤的教材比得一无是处。

二肥子的爸爸就是教中学数学的老师，这书一定是他爸爸上班时用的。

一只猫要是盯住一块肉，只有两个方式能解决问题，要么是给它吃，要么让它永远够不到。

天天盯着那本书，却又看不到内容，这让我怎么受得了？馋得不行，只好硬着头皮向二肥子借。开始他说自己在用，经不住我再三恳求，最后同意每天吃午饭的时候可以借给我，但下午回校必须还。

天天盼着中午下课。铃一响，我立马蹿到二肥子的座位旁，拿起书就往家里跑。到了家里，摊开书和准备好的本子，一边啃着蘸了大酱的大饼子，一边一字不落地抄书，兴奋得连菜也顾不上吃一口。整整把4个笔记本的正反面都写满了，我才终于把这本书抄完了，学校也放假了。

记得大学毕业的时候，我抄的几何书还没舍得扔掉。但工作后又是住宿舍又是住招待所，又是租房子又是住办公室，这样频繁地搬家挪窝终于把我这难以割舍的东西割舍了。

也好，人都没地方呢，哪还有知识和回忆的容身之处？

住　宿

从初中开始，只有周六回家，周日返校，一周的时间几乎都住在学校里。

初一初二还好，学习不紧，大多数的学生家离得又不太远，走读的多，住校的少。但到了面临升学的初三，住校的学生就越来越多，尤其到了冬季的时候，除了镇里的同学放学回家外，其他村屯的学生都不走了，一股脑儿地挤进了宿舍。

宿舍是校舍东南侧3间平房，男生一间，女生一间，中间那间是食堂。男舍里搭的是上下两层的通铺，木板上铺着10张稻草垫，就是定员10人了。春夏秋三季，只有五六名学生住宿，宽绰得可以使劲地打滚儿。但冬天的时候住过20人，挤得每个人必须朝同一方向侧身而卧，想要翻个身是不可能的。最惨的是半夜起来去方便，回来后便要费尽心思才能重新躺下身。最有效的办法是从最近的墙边开始，扳动第一位住宿生让他面墙侧卧，之后把第二位用同样的姿势抵住第一位，再去挪第三位，这样依次挪到自己的位置，才可以勉强侧身贴到床上。

早晨起床是令人高兴的时候，因为可以马上逃离污浊的臭味，到屋外呼吸到新鲜的空气，也舒展一下被挤扁了的身体。接下来该洗脸了。食堂里的水不让用，学生们只好拎着水桶到后院的井边，打上水来直接在桶里洗脸。这时候要格外小心，不能让身体的任何裸露部位沾到水桶，因为严寒会马上让皮肉冻在桶上，要想拽下来，就会扯掉一块肉皮儿。

由于食堂是按秋天时的住宿学生数来预留冬储菜的，而冬天的人数又超出了一倍还多，所以不到10月，菜就全部吃光了。从这时到放寒假，大师傅做的菜就是在开水里加上一勺盐，使水变成淡黄色。学生们吃着大饼子，就着这种黄汤。

毕业后再也没去过那个宿舍那个食堂。

细细算来，已经是30年前的往事，大概再也不会有学生享受我们求学时的住宿待遇了。然而当年的同学相遇时，谈起这段经历，都充满着快乐与开心。

我们有理由开心，因为我们不会因为贫富不均而愤怒，不用为食物中毒而忧心。

扎刺儿

大队的初中撤销了，上初一就要到公社去。几个又是同学又是一起长大的伙伴，每星期一次地往返在家和公社之间。

30里地，走快了会很累。所以我们每次都边走边玩，在不知不觉中克服掉这段不长不短的距离。

秋天到了，路边满是待收的庄稼。淘小子们这时候可干的事儿最多，最解馋的是烧豆子。像抢秋膘一样，每周回家的时候我们都把嘴巴吃得黢黑。

又是一个秋高气爽的放学路上。我们走着走着就下了路，穿过一片松树林，便在豆地边上烧豆子吃。烧的方法是把割完的整捆豆子点着火，等豆秸烧完的时候，黄豆也就烧熟了。扒开烧黑的豆荚，黄中微微带绿的豆粒吃起来满口香。正在品尝美味的时候，一位伙伴喊有人来了。我们便丢下豆子，撒丫子向松林中跑去。

松林有个特点，只长灌木不长草。秋天割柴，这些灌木留下了像倒插在地上的钉子一样的茬子。慌不择路，我只觉得脚下一疼，接着是树茬子折断的感觉。不敢停不敢看，随大帮一口气跑出危险范围之外。脱掉胶鞋一看，刺儿从鞋底一直扎进了左脚的脚后跟儿。攥住露出的一段儿，一使劲就从肉里面拽出来，垫上苞米叶止血，继续开路。

回家之后，忍着钻心的疼痛也要装出正常的样子，不让爹妈发现异常，以免因为做了丢人事儿挨揍。周日坚持返校上学。

到校之后，伤口开始流脓。公社医院的女医生既年轻又心软。我一疼得哆嗦，她就比我哆嗦得还厉害，自然治不出什么效果。周日回家不能不说了，也不能上学了。家里为秋收忙冒了烟，我独自一人在家养病。伤口每天流脓不愈合，我只好单腿跳着活动。就这样一直从10月拖到了放寒假，农活也忙差不多了。

妈妈说，河南岸有个大仙会治红伤，我领你去看看。我从小就不信这玩意儿，但妈妈反复说大仙治好了多少人。总想着自己再能跑起来，看样治要比不治强了。我便随妈妈一瘸一拐地走了7里地，来到了大仙家。

这大仙三十多岁，是个个子高高的农民。仔细观察，他看人的时候眼睛直直的，话很少。我想这种与众不同的感觉是他混饭吃的好办法，农民就崇拜和自己不一样的人。看看我脚上的大洞，他什么也没说，只是让我把受伤的脚心侧过来，之后回身从柜盖上取过一只装有酒的黑瓷碗，喝了一大口含在嘴里，对准伤口噗噗噗地喷了几口。我只觉得伤口顿时变凉了。大仙潇洒地把酒碗扔到柜盖上，对妈妈说，明天就能见强，住下吧。

妈妈出去买吃的，我躺在炕上越想越不对劲儿。他喷口酒就能把我伤了三个月的脚吹好了？这人可真能吹。在这里待着，只能糟蹋家里的钱，还不如回家继续养着呢。想着想着，我爬起身一声没吭地拐回家了。

从后面追回家的妈妈并没有责怪我。农村人没钱，总希望用少花钱的办法来解决生活中遇到的各种难题。但他们也有一句话，叫信神神在，不信神神不来。

又过几天，河冻结实了，爹妈赶着大车把我拉到河南岸一家部队医院。医生看了伤口，愤愤不平地埋怨老娘：孩子都这样了你不早来看，没得破伤风死了真是万幸啊。妈妈低头默不作声。

医生拿来两卷药布，用个大镊子把药布全部塞进了我的伤口里。在我和妈妈的颤抖中，护士又来打针。妈妈问，这针咋打一半呢？护士说，这是防破伤风的针，打一半就行了。妈妈说，剩的一半给我打了吧。护士斜了妈妈一眼，没吭声地把剩的药扔在垃圾筒里走了。

第二天，医生拽出了药布，后面跟着一堆脓水和两根大黑刺儿。就这两个混蛋折磨得我在炕上整整浪费了半年的时光。当天回家，几天后伤口就长平了。终于可以自由地活动了，心中被喜悦充盈着。此后几年的时间落下一个毛病，做什么事情的时候都习惯把左腿微微抬起。有时候朋友会因此开起玩笑来大家开心。

一学期没上学，只好留级蹲班。蹲了之后又赶上改学制，初中由两年变成了三年。这样就等于蹲了两年，应该在1980年毕业，延长到了1982年。

小　　路

走11里的山路，再坐半个小时的火车，就到了读高中的县城。每周六回家，周一返校。火车分别是早上6点和晚上7点发车，起点儿早离家不耽误早课，贪点儿黑退校不影响自习。

别的本事没有，走路不在话下。每6分钟走一里，一小时10里。假期的时候曾经早晨去奶奶家，晚上再走回来，来回的路程是90里。

但这11里的路走起来要格外小心。

出了家门，西北方是一望无际的大山，山的南侧流着一条江。山无名，水有名。它就是在吉林省淹过辉南、围过桦甸的辉发江。

江紧贴着山流淌。山上的碎石常常滑进江中形成沙石流，江中的水汽也时时漫向山顶降下锋面雨。在江与山中间，大概和轿车轮胎一样宽度的一条线，就是我上学的小路。

很小就跟着父母亲戚常常走这条路，路上的每个转弯、每个沟坎都了如指掌。正常的时候，无论白天还是夜间，我都可以一面回忆着一周的学习内容一边走路，完全可以不看目标、不辨方向，就像一匹识途的马。

由于山水交汇的地方地形复杂、养料充足，这条路上的蛇出奇的多。夏天的早晨，隔十米八米，小道上就有一条蛇或是一群蛇在晒太阳。它们有的听见脚步声就迅速离去；有的等你走到近前，它才懒散地不情愿地腾出地方让你通过。虽然没被咬过，但对这种黑乎乎软绵绵目光如电的动物充满与生俱来的恐惧。每到蛇类活动的季节，我都拿一根较长的树枝，一边走，一边不停地敲打地面或杂草，通知蛇们在我没有见到它的时候离去，免得双方都受到惊吓。这办法一直很有效。

有一次，我突然发现前面卧着一条蛇，任我怎么挥舞手中的棍子，就是纹丝不动。我停下脚步，一面压服着怦怦跳动的心脏，一面使劲地敲打地面。眼看要赶不上火车了，我便壮着胆子从蛇的身上跳了过去。前脚刚着地，就像踩到什么又柔又软的东西上摔了一跤。起身回头一看，原来是踩到了另一条蛇的身上，它正疼得盘成一个圆盘，浑身哆嗦、满眼凶光地看着我。我撒丫子狂跑。不用担心，保证能赶上火车。

暑假前后是雨季。水大的时候，小路就被没在了水中，成为江的一部分。无他路可走，又想要回家，我只有在黑夜中的江里前行。凭着对这条小路的熟悉，再加上小时候练成的高超的游泳本领，我要一会儿脚探地行走，一会儿脚离地前游。不用分辨时间和距离，等感觉到水开始由脖子减到腰，再由腰退到脚下的时候，准能看到家里等候的灯光了。

大学毕业后，家也搬离了故乡的小山村，三十多年再也没有走过这条小路，但有时会想起它。

在大都市里过着优裕的生活，我绝不会让自己的孩子去走这样的路，因为他的脚下可以有很多选择。

如果我依然生活在那个小山村呢?

我的孩子必须走那条路，因为他没有别的路。

妈妈的两次流泪

在那个年月里，我生长的农村只盛产贫穷，不生长希望。

对于穷人家来说，填饱肚子才是硬道理。队里靠计算工分和人口定量来发放口粮，效益不好的时候，工分的币值是零，甚至有的时候是负数，也就是说，谁挣的工分多，谁就要交更多的钱来弥补生产队的亏空。我家由于人口多，劳力少，每年基本上掏钱买口粮。这还不算，定量的口粮不够吃，还要另想办法。

妈妈的办法是养猪。

家里常年养着一头母猪，每年至少下一窝猪崽，卖掉之后基本上能够解决全家人的口粮。如果再把其中的一两头养大卖钱，就可以买点儿衣服鞋子，至少也能买点儿布头缝缝补补。

家里养猪的历程一直是顺顺当当的，每年都能按妈妈的预想完成创收任务。别家羡慕，妈妈乐呵。妈妈说，真是天老爷饿不死瞎家雀，这老母猪可真是填补人啊！

一天吃晚饭的时候，听到猪在圈里狂叫。爹妈放下饭碗冲出去一看，不知道什么时候猪圈里进去一条狗，正在咬那头母猪。打跑可恨的大狗，妈妈细心地给母猪上药、包扎，像照顾孩子，直到伤口长好了，妈妈才放心。

可是没过几天，灾难发生了。咬母猪的是患了狂犬病的疯狗，母猪被咬后，体内被植入了狂犬病菌，也发疯了。我放学回家，只见母猪在圈内狂乱地啃着木栏杆，妈妈绝望地站在圈外看。为了不让母猪伤到人，妈妈最后只好让爹把母猪打死。开膛之后，看见母猪怀了二十一个待产的猪崽。一年的美好希望被夺走了，妈妈呆呆地看着眼前的一切，一个劲儿地抹眼泪。

第二次看见妈妈哭是因为我。

自从上学后，我的学习成绩都挺好，给妈妈挣来了不少的赞誉，老师也劝妈妈坚持供我上学。

妈妈是个开通的农村妇女，也希望我摆脱挣工分的生活，所以她坚持不让我干农活。姐姐和弟弟妹妹不听话不干活，会遭到拳脚的惩罚，而我是例外。顶多也就是放学之后去采点儿野菜，割点儿烧柴。这样，在妈妈与我之间，形成了一种非常有利于我的平衡，学习好成了我重要的保护伞。

好景不长，上四年级的时候，大概是贪玩或者是什么不记得的原因，我期末考试的时候算术只得了40多分。这下坏了，我把妈妈的希望给打破一个洞。我家到学校只隔一幢土房，喊话都能听到。我还没回家，要命的分数已经进了妈妈的耳朵。

我刚一进家门，妈妈就像拎小鸡一样地把我扔在炕上。妈妈惩罚孩子的办法既体面又让我印象深刻——专找衣服盖住的地方掐。一阵骨头不疼肉疼的翻滚，我终于逃离了噩运。但当我起身逃跑的时候，我发现妈妈已经是满脸的泪水。

那一晚我没敢回家。

饿

在家的时候，只要是饿了，总能在碗架里找到粮瓜菜，肚子不会完全空着。在公社中学上初中，每月往学校背粮食。虽然不太充足，但饿的时候也能想法子找点儿东西填。到县城上高中，情形就不同了。

报到之前，父亲要把我每年定量的300斤左右的苞米以国家定价卖到就近的粮库，把收据交到学校，我在学校再按同样的价格吃食堂，这叫吃周转粮。

高中的食堂是一个条形大屋子，里面摆着三排36张大饭桌，每桌固定10个人，都站着。学生进去之前，每桌已经摆好一盆饭和一盆菜。开饭时，先是每桌轮流由一个人分饭菜，接着就是比赛般的咀嚼声和吮吸声。一两分钟后，便陆续有人拎着扫荡一空的饭盆出门了。

开始的时候，觉得这种吃饭方式既特别又有趣儿，边吃边不停地张望。过两天，觉得不对了，每次大家吃完了自己肚子还没饱。

小时候我说饿的时候，妈妈总说我是饿死鬼托生的，但这里的饿死鬼可不只我一个。

入学的第三天，一个身高有两米、瘦得风都能吹走的同学吃完饭没出门，而是拎着盆去找管理员。他说，我没饱，再给点儿。管理员说，没有了。同学说那饿咋办哪？管理员摆摆手说你爱咋办就咋办。刚说完，他的小胖手就把一只大爪子逮住，一顿满地乱滚的挣扎。

大个子背个警告处分，食堂的饭量一如既往。

上午满满的课，顾不上想，晚上是自习，饿了就去睡觉；最难过的是下午。

每天下午两点以后就没课了，上自习到4点半开饭。慢慢地，会觉得胃开始咕咕叫，接着是肠子在动；再过一会儿，感觉其中的一根肠子长了嘴，不停地去蹭别的肠子，让人觉得不是疼也不是痒，不是酸也不是胀，而是把这几种感觉搅在一起了让你享受。如果想硬和它别着劲看看古文，还没等念出俩字来，思绪就又从大脑转向了胃。

心乱得想在校园的甬路上走走，更不行。实行改革开放了，学校领导和老师的家属被允许在校内摆了几个卖食品的小摊。不用说看见，就是闻到了面包的香气也会让你的胃急得要从嘴里跳出来。

每当晚饭的铃声响起，是除了早操之外最热闹紧张的时刻。不知猫在什么地方的饿狼们瞬间倾巢而出，把食堂的门挤得叮当山响。

有一次因为饭挨打了。

快要高考的一个周日，同桌又同班的两位同学出去前告诉我替他们把饭带回来。我吃饭的时候，别桌的学生见我桌上的饭盆里还有两个大饼子，就过来伸手。由于我使命在身便激烈地制止，这个学生没达到目的，便恶狠狠地说，你等着。

晚上自习的时候，突然窗外有人喊让我接电话。我将信将疑地刚出门，就有三个人拎着小木棒向我包抄过来。我撒腿便跑，后面的人跳着追来。跑动中肩上背上挨了几下。也不敢停也不敢揉，就是绕着教室跑来跑去。幸亏护校的棒子队及时出现，我才不用狂奔了。

高考临近，妈妈怕我饿着，不知在哪儿换了点儿白面，掺上更多的玉米面给我烙了几张饼送来。

如获至宝，我把饼掖在枕头下的褥子里，生怕别人惦记，自己也只是每天下午揪一点儿充饥。由于我们的宿舍是泥地房，当时又是潮湿的雨季，没过几天就发现饼子变苦变绿了，不敢再吃。

这几张宝贝一样的饼子没有坚持到高考的日子，真可惜呀!

乱　　局

住在学校，每天都是食堂教室宿舍，标准的三点一线。只有每周日下午是自由活动时间，可以上街买些必需品，也放松一下身心。

一个周日的下午，和两个同学边聊天边走在上街的路上。听见后面有人喊我们的名字，回头一看，惹祸上身了。后面冲上来两个恶狠狠的社会青年，每人拿条鞭子似的东西，问了一句，看我们干啥？接着便不由分说抽我们几鞭子，在我们的叫声和躲闪中扬长而去。

原来，刚才叫我们的是另几位同学，而两个社会青年走在我们两伙同学中间，我们回头当然会看到他们。就这么一个简单的原因竟然惹得他们大打出手。没有下狠手出重手，我们已经是幸运的了。

这种情况在当时的社会上随处可见。

“文革”结束了。在新的社会控制机制没有形成和完善的时候，早年的造反派、返城没工作的知青、厌学的学生，纷纷逞英雄立山头，要么是集体火并，要么是联合欺压弱者，弄得整个社会人人自危。

这种现象自然也波及到了学校。

有一天，我们全班正在上晚自习，突然有几个和我们同龄的人破门进入。其中一人手拿木棒守在门口，其余的挨个在学生的书桌里翻找，最后抱着同学们的很多复习资料大摇大摆地离去了。

这样的事情发生多起之后，引起了学校和学生们的警觉。学校成立了棒子队，一上晚自习的时候就有几名手持木棒的队员在校园内巡查。敲山震虎。果然，校园内的恶性事件大幅度地减少了。但校园外我们基本不敢去了，因为校门口时时会有一帮帮的人等着报不知道是多大、也不知道是什么时候结下的深仇。如果是擦枪走火打错人，谁碰上算谁倒霉，因为评理讨公道的事儿不能想。

学生们为了在校内外免遭无端的伤害，也悄悄把一些刀具、皮带、铁锤等带在身上。有的同学走得更远，也加入到了群体斗殴的行列中间。我班的小靳就是这样的典型。

小靳也来自农村，是班里的上等生。由于喜欢接受新鲜事物，率先穿起了喇叭裤。在一次全校师生大会上，他和一名也穿喇叭裤的体育生被作为反面典型叫到台上，并当着所有师生的面把裤腿豁开。从此他像完全变了一个人似的，不但厌学，而且结交了很多社会朋友，一旦有人让他不高兴，他就叫上几个外人进行拳打脚踢。欠人情比欠人债还厉害，小靳也经常被这些朋友叫到校外去打架。通过这些活动，他结下了很多仇人。

高考前一天，听小靳与同寝同学说，他明天不能参加高考了，因为他得罪过的人要在考场外找他报仇。对这样恃强动粗、有仇必报的人，我向来是敬而远之的。所以只管自己的事儿，小靳参加高考与否也就不再关心不再想起。

上大学的第一个学期，波及全国、动作迅速而坚决的严打开始了。

寒假放假，下车站是上学的县城。我的确是揣着坦然走出站台的，并决定去学校看望一下老师们之后再回家。走在清晨的街上，一切如故，但一切都变得宁静和祥和，狂躁之气已经荡涤一空了。

走着走着，一个伴着喧嚣而来的车流和人流再次打破我心中的清静，让我放松的心再次揪紧。

一条长得见首不见尾的卡车车队在路的中央缓缓行进，每辆车上反绑着一位手上戴着刑具、胸前挂着大牌子的死刑犯。这是现在已经被法律禁止的示众大游行。

我驻足观瞧，都是在我上学期间打硬仗打狠仗的领袖，不是手头有人命，就是脚下有冤魂。社会的生杀大权曾经在他们的股掌之间啊。

突然，我的眼睛无法转动了，因为我看见了一个熟悉的面孔，像是同学小靳。再看看牌子上的字，果然是他!

天啊，本来应该和我一样去大学，然后跟我一样放假回家的同窗，怎么会在大家高高兴兴回家的时候却要独赴黄泉呢？我的思绪和血液仿佛都凝结了，僵直地看着载有小靳的车队走得没了踪影。

后来听老师和同学们说，小靳当年确实没敢去参加高考，也没有再复习。他已经厌弃农村的生活，天天和小团伙的伙伴一起，成了专业的打仗队小头目。谁有冤仇需要帮助，不问原则地出面摆平，以换取酒肉丰裕的日子。最惨的一次是把两兄弟砍得一死一重伤。作为团伙主要成员的小靳，当然要在严打中以命抵命。

拉　　磨

每天下班，千方百计推掉可不去的和可去的任何应酬，一门心思回家练大字。

有一次对面楼的居民好奇地问我，每天晚上看你坐在桌子前面不动弹，干吗呢？我笑着告诉他说在练大字。在他不解的眼神中，我走远了。

我很佩服我自己，五年如一日，至少每年有二百天坐在那里写呀写，就像慢驴在拉磨。

我不理解我自己，天天不停地写，天天写出来的字还是那个德行，到底为了什么呢？

五年前，结识了一位不满三十岁的小老师。面对这样一个年纪又大，手脚又笨的学生，他逐渐失去了耐心，一本正经地告诉我：你不适合学书法。说得次数多了，就让我产生了极强的自卑心理，有两个月的时间丧失了动笔的勇气和信心，也不想再见到小老师。

小老师可以不见，但长时间不写字手却发痒。只好又拿起笔，每天在桌前划来划去。

其实每个人都有自己的爱好，这不仅是情趣和性格使然，更重要的是一种精神上的寄托。就像风筝飘在天空，不管什么样都要有根绳牵着才不会迷失方向迷失自我。书法对于我，确实有这样的作用。

摆好字帖铺好纸，只要写上十分钟，脑子里高兴不高兴的琐事统统消失，只剩下从眼到手、从手到心的细微而又显著的感受，这种感受在心灵上所产生的愉悦是任何事情无法取代的。

写字是孤独者的活动。

它不折不扣是单个人的活动，写一个字就像唱一首歌。如果唱歌是希望把自己的心境传递给听众，那么书写纯粹是把情绪表达给自己。即使是展出的作品，创作者与欣赏者有一个很大的时间差。如果长时间处于与外界隔绝的状态，在与他人的交往中将出现障碍。记得接触几位卓有成就的书家，有些在对他人的评价中充满儿童般的偏执与天真，可能就是这个原因。

写字是充斥着痛苦的历程。

无论处于什么样的阶段，都可能被某个问题所困扰，从而因为眼高手低或手高眼低而一筹莫展。这就像登不完的盘山公路，无论处在哪一点上，永远存在没有到达的高峰。如果因为总觉得自己处在低处而止步不前，那么就等于放弃了继续进步的机会。

也许我一事无成，也许有一天我会放弃，但至少在曾经的岁月里，书法给了我很多的乐趣。这就足够了。如果我把自己比做一头拉磨的驴，希望蒙上眼睛，让自己快乐地行走，不知道位置，也忘记了方向。

别说了，拉磨！

书　痴

2008年经过三年的苦读，终于万事齐备，我被批准参加博士论文的答辩了。

什么是答辩?

答辩就是平时笑容可掬的导师们瞬间变身为面目狰狞的评委，他们个个以五车的学识为自己的武装，轮番照准你的软肋恶狠狠地踹上几脚。当你感到前所未有地无知、前所未有地绝望的时候，恍惚中传来一个声音：你毕业了。

大悲之后是大喜，一天不歇地请评委请导师，请同学请同事，每天喝得天昏地暗。突然有一天觉得开车的时候特别想睡一觉，于是开始害怕乐极生悲，依依不舍地告别了这醉生梦死的日子。

书读完了，客请完了，每天无所事事，躺在床上回想自己前半生的学习经历。

永远弄不懂上天是怎么安排一个人的命运的。

我生长在一个偏远的农村，这里只有贫穷的黑暗，难见文明的光明。可就是在这种环境中，不知道什么时候，更不知道什么原因，我对知识产生了痴迷般的热爱。干农活一会儿就开始叫苦，读起书来却几天不知道什么是饿。

痴迷产生了效果，从上一年级开始，基本上是每次考试都排在班级的最前面。而这种效果又受到了老师和父母的鼓励，于是学习成了我逃避繁重的劳动、忘记艰辛的生活的精神乐园。

想过学到最后的结果吗？基本没有。当工人吃供应粮都是大小队干部和贫下中农的子女们才有可能的事儿，地主崽子不敢想。没有幻想，不敢奢望，知识尽情地浸润着一个幼小的灵魂。

初中毕业的时候，我不再是村里和乡里的优秀生，而是拿到了全县第一名的成绩。凭着这个成绩，我顺利地进入县城最好的高中读书。

看着从没见过的柏油马路和穿着光鲜的城里人，心里有了一个奢望，那就是通过考学这个途径离开农村，到城里当个工人。

但这个想法对学习的影响并不是很大。高中里没有了小时候的玩伴，更没有报纸电视这样的消遣工具，每天宿舍食堂教室，标准的三点一线的生活。只要有书读，马上把包括理想和未来这些与知识没啥关系的东西一概丢到了脑后，又开始沉醉于自己的精神乐园之中。

熟能生巧，读的遍数多了，很多学科的教材都烂熟于心。甚至一看见考试题，脑海里马上会浮现出这个问题在哪本书上的哪一页，从这页的什么位置到什么位置。和拿着书答卷没有什么两样。这样一来，考试的时候就像是别人在背书，而我是抄书，会是谁的成绩好呢？

高考的时候，还是我存在脑海里的那几本书帮了大忙，每科都提前交卷，所有的科目都考完之后就回家睡大觉。

睡醒之后没事儿干，就开始逐科逐题地给自己评卷，并给自己打出了最高分和最低分。等高考成绩发表的时候，老师给的成绩和自己评的最高分一样，这也是全县的最高分。

到了大学之后，书变得无限的多了，人却出奇的懒了。

当时的我已经非常功利，只盼着早点儿有个工作，早点儿为家里赚钱，于是每天无所事事地熬日子等毕业。

毕业分配到工作单位，每天不停地奔波，为了家人的生活宽裕一点儿，也为在单位确立相应的地位。但一有闲暇，总为学习生活的结束感到不舍，也相信总有一天会有继续学习的机会。

机会来了。

2001年，工作轻松下来了，我便开始了在职学习。在上了一节课，考了外语之后，拿到了硕士学位。

就在我毕业的时候，女儿开始上大学了。为了陪着女儿一起完成学业，共同进步，更是为了再过过学习的瘾，我便找导师、复习功课，通过入学考试，于2005年开始了新的学习。

到2007年，我在单位评上了高级职称，拿不拿学位在工作上就没有一点儿用处了，多学点儿知识成了唯一的目标。但是话说回来，如果你读了一回却没有拿到学位，这可不是你自己的事情了，别人会怎么看，导师会怎么交代？这些问题必须要考虑。这就有点儿像人生，每个人的出发点都是要活给自己，慢慢到后来你要为老人想为孩子想为领导想为朋友想，活来活去你连解脱的可能都没有了。正是在这种无路可退的情况下苦熬了三年，在视力下降一百度、一看电脑头就开始疼痛难耐的时候，我终于通过了答辩。

学习太累，闲着又太没劲。于是又通过朋友找到一位导师，想在拿到文学学位之后再试试书法学位。和导师一席话谈下来，我选择了放弃。因为他要求学生不能缺一节课，这样我只有脱产读书一条路。为了学习放弃了铁饭碗，不但肉体上要喝西北风，精神上也肯定有点儿二。

放弃学位绝不是放弃学习。

每天下班，坐在书桌旁津津有味儿地读《资治通鉴》，站在书案前痴迷地练书法。读累了写累了，在暗夜中品一杯咖啡，我享受的是充实的幸福，孤独的快乐。

随着年龄的增长，我感觉到知识也在越来越丰厚地充盈自己的肌体，从而忘记了名利的侵扰和老去的恐惧，使身心都焕发出无限的生命力。

一定是上天精心的安排，我的生命必定以读书始，以读书终。

第四辑 人生感悟

妈　　妈

这是最能诱发人们温暖感觉、和每颗跳动的心脏贴得最近的两个字；

这是最容易发出声音、最难用语言形容的两个字。

当我还没有记忆的时候，睁开的眼睛最想看到的是妈妈；

当我已经饱经风霜的时候，疲惫的身躯最想依偎的是妈妈；

当我已然长大成人的时候，富贵贫穷最想报答的是妈妈；

当我即将告别这个世界的时候，唇边嚅出的，也一定是妈妈!

妈妈有妈妈的不同经历，有的刚烈，有的隐忍；

有的事业有成，有的默默无闻。

妈妈有妈妈的不同方式，有的和蔼，有的严厉；

有的教子有方，有的一往情深。

但妈妈都有一个共同的天性，那就是对孩子的爱。

饿了她是粥，渴了她是水；黑了她是阳光，冷了她是衣被。

你哭了她心碎，你乐了她欣慰；你奋斗了她流泪，你成功了她陶醉。

你周身流动的，是妈妈的血液；你头脑里活跃的，是妈妈的思维。

当她依然美丽的时候，你应该是一滴润肤的清水；

当她身心疲惫的时候，你需要伸出一只搀扶的手臂。

是一片叶，就别忘了落在树根；

是一滴水，就要记得流回大海。

当有一天，你成了别人的父亲母亲，你一定会反复吟诵一句古诗：

“谁言寸草心，报得三春晖？”

端 午 节

生长在农村，只知道有五月节，不知道别的。这一天，早早起来上后山采艾蒿，回来后把前面的屋檐插满，然后进屋喝妈妈蒸得香喷喷的鸡蛋糕，偶尔还能分到煮鸡蛋。

这是一个快活的日子。

走出来求学，才见到了粽子，听说了屈原。多读点儿书，才知道屈原是做啥的，再细抠抠，又知道了楚辞《离骚》。中国的历史文化就像墨斗里的黑线，越抽越绵长，越抽越有张力。

文化有点儿像水，总是由高处向低处流动。中国传统文化不但吸引了国内的读书人，也吸引了不太开化的周边国家的人。几千年的传帮带，在朝鲜、日本、越南等国家形成了以中国文化为核心的汉文化圈。中国有的，他们几个小国都看过学过，对自己国家有用的，就拿去用了；不适合的，就没学。不用说别的，他们原来的书，中国人拿来就能读出大概的意思，你说这种影响算不算挺深的？虽然为了民族的自尊，有的国家尝试着把汉字废弃改拼音了，但由这个原因造成的文化断裂又让学者们就像喉咙里扎了鱼刺一样不得劲儿。于是韩国有了二十多位当过总理的人呼吁恢复汉字的现象。不学习怎么能长大进步，跟谁学的都不丢人，非逼自己把学来的东西忘掉，是不是有点儿弱智？中国有“邯郸学步”这个成语，说的就是这样的人这样的事儿。

2005年的时候，有一件让中国人觉得不开心和丢面子的事情发生，那就是韩国把端午节作为朝鲜民族的文化遗产提出申请，并被联合国教科文组织正式确定为“人类传说及无形遗产著作”。本来是我家的宝贝，却让全世界认可是你家的，这个真有点儿让人郁闷。但话说回来了，如果没有中国传统文化的熏染教化，有的民族可能还在茹毛饮血呢。所以不管谁申请，其实都是在为汉文化圈争面子，说到根上，也是在为祖师爷爷脸上擦脂粉呢。你不要生气，也不要感谢，笑纳就行了。

其实韩国打端午节的主意也不是没有人家的理由。就在前一年，吉林省集安市的高句丽王城王陵及贵族墓葬被中国申请列入了《世界文化遗产名录》。用不着掰扯，那不明显都是高丽民族老祖宗的东西吗，怎么入了你中国的遗产清单上了呢？再往深了说，是不是葬有人家祖宗的集安也应该给出去呢？历史上高句丽曾经是中国的属国，后来才分开了。我曾经就这个问题咨询过东北师大一位东北亚民族问题专家。他的答复是，这事就像女儿出嫁时带了嫁妆一样，带多少就是多少，过几年姑娘回娘家找后账，这可不合规矩和礼法。

年纪大了不愿意过年节，但端午节毕竟来了，祝所有人都乐呵。

无奈的烟

不知道什么时候开始，烟瘾变得越来越重。在不知不觉之中，手中的烟由每天不到一包突然变成了三包。看着这个数字，自己也吓了一跳！不仅如此，遇上打麻将玩游戏的时候，数量更是多得没有办法统计。如果按每天活动十六个小时计算，三包就是每小时四支，每十五分钟一支。

本来气管就不好，吸了烟之后，每年冬天更是咳嗽不止，买了各种片剂糖浆，效果都不理想。朋友们幽默地说，别白费力气了，什么药能抵挡住每天六十根烟的力量啊，你的气管简直就是一个大烟囱。

想过戒烟。但时长从没超过半天，所以也不再费那个力气。

正是因为瘾大，我在禁烟的场所也屡屡犯禁。记得以前每次坐飞机，无论时间长短，都会跑进洗手间悄悄地过把瘾。有一次正在飞机上如法炮制的时候，突然警铃大作。还没等我把烟头扔进马桶，保安已经冲进来抓了现形。当着惊慌失措的乘客，保安把我好好地教训了一顿。尴尬紧张让我一声不吭，满头冒着虚汗。此后，即使在去美国的十一个小时的飞行中，也不敢动去过烟瘾的念头。

很多烟民烟瘾犯了的时候什么烟都能过瘾，而我却认定一个牌子轻易不能换，换了咳嗽就会加重。也就是说，这个灶坑不好烧。原来喜欢抽进口的“希尔顿”，中国反走私的时候，市场上真的不见了，假货遍地。无奈地咳嗽很长一段时间之后，我成功转型换了长春产的“生命源”。既能为家乡的税收做贡献，又没有缺货断档之虞。我很得意了一番。

然而好景也不长，当“生命源”从一块五一路涨到两块五之后，突然脱销了。

春城处处有亲人。一位同学的妻子是烟厂的中层，热心地为我买来了四箱二百条的“生命源”。摆在办公室的铁柜上，既显得壮观又让心里格外踏实。按最高烟量算，这四大箱子也保我把换烟的时间推迟两年。可是还没等抽上一年，出问题了。由于放烟的地方是太阳直接照射的位置，烟很快便得干燥异常。用手轻轻一搓，整支烟便碎成粉末。但我抽的时候并没有注意到这个变化，干燥的烟把我呛成了咽炎。

真是旧疤未平，又添新伤啊！虽然原来底气不足，但唱起歌来还足以自我陶醉；但现在嗓子嘶哑得不要说唱歌，就是说话也会把不熟悉的人吓一跳。

反对吸烟的专家有一大套的理论，什么诱发心脏病啦，致癌啦，不一而足。我不太相信烟有那么大的危害，但气管炎咽炎和心跳的加快，烟肯定是脱不了干系。

为了和顽固的恶习抗争，我尝试着用瓜子儿、口香糖来隔开吸烟的频率，究竟有多大的效果我自己心里也没底。

只希望还没有烟瘾的人不要再去尝试，以免像我这样体会到对烟的无奈。

幸福是心底里涌出来的感觉

当我坐在电脑前，欣赏着音乐时，我感觉恬静的幸福；当我开着车，眺望着远处时，我感觉富足的幸福；当我安心地工作，尽着自己的职责时，我感觉充实的幸福；当我与亲朋相视而坐，倾心交流时，我感觉安然的幸福。

这些幸福是哪里来的呢？是从我的心底里汩汩流淌出来的。

面对相同的景物和处境，不同的人会生发出不同的甚至是截然相反的感受，即使同一个人在不同的心境中的感受也不尽相同。那么如何在各种心境下让幸福感充溢心间呢？

首先要珍惜拥可以有的。

人们常说要惜福。如何解释这句话呢？当你的孩子很健康时，不要为他学习不优秀而烦恼；当你拥有爱人时，不要为他的坏脾气而郁闷；当你的工资足可以养家度日时，不要为消费不起奢侈品而自卑。如果闲来没事的时候你可以想想，这些看上去平淡的东西不正是你生活中必不可少的吗？如果失却了你的感觉会是什么样？珍惜拥有的一切，虽然不太完美，但它们是你幸福的源泉，绝不是你烦恼的理由。

其次要在快乐中追求可以有的。

人人都追求更多的财富，更高的社会地位。有小区的住房，还想拥有一套属于自己的别墅；成了科长，还想奔个处长当当。这都是正常而又可贵的想法和志向。但没有必要把向高层次的追求当成自己的负担，而要看做是通向更大幸福的过程。只有这样，你才会在幸福的心境中去体验人生的乐趣。

第三是放弃不可以有的。

我的意思是命有一尺，不求三丈。一个人的积累、品格、位置和机会各不相同，如果从主观上和客观上都不会属于自己的东西，最好就不要去强求，以免使自己受到挫折的折磨。

“多么美好的大自然啊！”据说这是众多知道自己即将告别这个世界的人共同的遗言。这就说明我们的生命本身应该是极其美好和充满幸福的过程，只有充分地享受幸福，才没有浪费了属于自己的生命。

你可以时时提醒自己要以最灿烂的微笑面对每一个人和每一件事，时间久了就会慢慢发现，这个笑容会劝你把自己的心情调整到一种美妙的状态，你会欣喜地体验到心底里一直汩汩地涌现着幸福的感觉。

要和陌生人说话

小时候特别喜欢看书，和他人交往的时间自然减少了；上中学以后连吃饭和走路的时候都在思考着各种各样的问题，更是难得和别人交流。高三时好多同学只记得模样，尤其是异性，更是电话局搬家——不来话。因袭老传统老习惯，大学时也只是和几个要好的同学话多，其他也少。

既然是求学，和别人讲多少话、讲得怎么样都不能计入考试成绩，所以无所谓。但到了工作的时候，问题来了。

首先是别人说话的时候，觉得自己与他们的生活、他们的想法相去甚远，就好像自己在面对一门全新的课程；

其次是偶尔想表达自己的想法，却经常引不起大家的兴趣；还有的时候说话不严密，让有的人觉得不舒服。

更要命的是，我的职业要求我必须经常和陌生人交往，而且都是在某些行业、领域里有些建树的人物，和他们讲话更要求准确和富有技巧。而这些对我这个沟通能力极差的人来说，是个严峻的考验，错误就在所难免，而且经常是他人看来绝对低级的错误。

有一次，我采访完一位在老干部工作中成绩突出的领导，由司机和一位科长送我回单位。路上司机说：哎，咱什么时候也能被宣传一下呢？我接话道：你好好做吧，将来也会的。他马上反驳说：我现在做得不好吗？我当时被噎得说不出话来。是科长插话解围：人家是希望你做得更好。

这件事儿让我反思了好久，也折磨我好久。为什么同样的一句话，别人说出来就百病不犯，我一说就把对方气得肚子溜鼓呢？怎么样才不犯这样的错误呢？

我想了个办法，就是每当周末的时候，邀几个同事同学一起打麻将。麻将桌上气氛轻松，又都是熟人，说话过点儿火也没有人计较。

他们关心输赢，我关心和他们交流；平时少言寡语，牌桌上成了话痨。时间长了，有的麻友就问我：你为什么输钱的时候还很高兴呢？我说如果我生气你们会把输掉的还我吗？他们连连摇头，我说那就让自己高兴好了，就当是一张纸片被风刮跑了。结果我被大家公认为牌风较好的麻友。但后来却淡出了江湖，让大家扫兴了。

除了麻将之外，我在朋友聚会、聚餐的时候也尽量锻炼自己敢讲话。

经过几年痛苦的努力，基本不冒"虎嗑"了，但其他方面的效果并不太理想。表现之一是人多的时候讲话紧张，之二是和陌生人交流还是不愿意多说话。好在我把最紧张的工作时期熬过来了，不再多说也不影响啥了。

如果说求学的时候要求的是成绩，那么工作的时候要求更多的是社会交往的能力。所以说有很多时候，交际能力比学习成绩更加重要。而学习成绩的提高是阶段性的，而交际能力的形成则是需要一生努力的。

每当有同事为孩子的学习而忧心忡忡的时候，我就劝他们不要担忧，因为学习成绩并不是美好人生的唯一敲门砖，较强的交往能力的形成更会让孩子受益无穷。

情商比智商更重要——我就是反面教材。

人与酒

喝了半辈子酒，烦了一辈子酒。因为酒给我留下的多是不好的印象。

小时候邻居有位姓魏的老头儿，就是喜欢喝酒，胃里一亏酒就浑身筛糠，肚里一有酒就把裤子尿精湿。

他曾经当过地主家的长工，为了对学生们进行忆苦思甜的教育，我们学校备好了酒菜，请老魏头儿讲地主欺压贫下中农的故事。闻到酒香，老魏头儿来了兴致，大讲在地主家做工吃得如何好，一个月能喝几顿酒。吓得台上的校长老师脸都变成了灰色，台下的中小学生笑得乱成一团。老魏头儿不管这些，大喝一顿，甩着湿裤裆回家睡觉去了。

我有一个朋友，他的弟弟宁可不吃不穿，也要喝酒。身上总没钱，一旦有一块钱就换一袋劣质的白酒，像小孩见到饮料一样地喝个痛快，之后就像个仙人般笑眯眯地看着每个人，只是干不动任何活计。

有一次，朋友看弟弟又在大白天喝酒，操起木棒就去教训他。弟弟既不跑也不躲，只是趴在地上，在乱棒下坚持把口袋吮得溜空稀瘪。没几年，这位不满三十岁的弟弟便去世了，死因是铅中毒，其实就是酒精夺了他的命。

有一位搞美术的朋友，平时文明儒雅，彬彬有礼。但他有一个特长，喝多了喜欢摔酒瓶子，而且要摔得山响。场面越大，他的兴致就越高。

其实摔也不是平白无故的，必须有充足的理由，这是酒德。

一次到南方出差，那里的规矩是饭菜管够，酒水自理。吃着饭，这位同事觉得变味了，因为周围几桌都在喝酒，只是自己桌上没有。他起身买了几瓶啤酒，开始喝起来。既然来了，我是客人。自己花钱喝酒，俺们那旮达可没这损规矩，南方人真他妈不是物！越想越气，举起酒瓶子开摔！第一声把大家摔懵了，不知道咋回事儿；第二声把大家摔醒了，这是撒酒疯。于是有人来劝。结果谁来劝，这位同事就摔他桌子上的酒瓶子。最后满屋只剩下一个人和一片碎玻璃。

有一位还不到而立之年的小朋友，每天的午饭和晚饭必须有酒相伴，否则就觉得比没吃饭还难受。我问他，你喝的时候是不是也像我一样觉得又苦又辣呢？他说是呀。我说那为什么还喝呀，他说，嚯，喝完了那种晕乎乎的感觉才爽呢！我觉得这话说得非常有理，我白白耗了三十年的时间和几吨的好酒，没能练到一点儿体会，真是浪费。

没几天，这位小朋友的女朋友打电话来了，说你朋友喝多了，你快来帮忙。喝得没什么成就，但经验还有一些。我马上找个壮小伙一同赶到现场。只见我的这位小友平躺在两把椅子上，身上全是米饭菜叶，没有一点点的知觉和感觉。小朋友的女友告诉我，打过120了，医院说这种情况不接。我和两个同事把朋友拖上车，送到他家楼下。朋友的妈妈早等在楼下，但她并不帮助抬人，只是使劲抽打儿子裸露的双臂，边打边喊：混蛋玩意儿，再让你没喝过酒！再让你丢人！

妈妈是因为儿子在朋友和未婚妻面前表现的丑态而觉得自己没有面子。但我却在想，这么年轻就喝成这样，以后会变成哪一种呢？

三人行都是我师

孔子说：三人行必有我师焉。我说：三人行皆为我师也。

在甲骨文中，尾巴的尾字就是画个人形，屁股上伸出一个长尾巴。大概这个字发明的时候人的尾巴真的没有进化干净，把衣服支起个包。有一种解释说这人身上的尾巴并不是真的尾巴，而是服装上设计出来的。我不愿意接受这种说法，谁愿意没事找事，本来就进化没有了挺好看的，偏要在服装上再安一个？

人类精神上还有一个不愿意示人的尾巴，那就是无知。

孩子无知，可以通过幼儿园学前班小学中学大学慢慢学，人人如此，不值得品评。但大人如果缺乏知识，那可不是光彩事儿。就像溜光水滑的人真的长了一只尾巴，还是藏起来别让人看见的好。

其实还有一个好办法，那就像通过进化把尾巴进化成尾巴根儿一样，通过向他人学习来克服自己的无知。

向他人学习，可以掌握并不知道的知识。这是增长知识最直接的办法，你认识一，他同时认识二，向他学习，你的知识就从一增加到二。

向他人学习，可以增加知识的厚度。你认识了一和二，而他却知道一加二等于三，向他学习，你的知识由薄片变得立体丰满了。

向他人学习，可以避免犯类似的错误。也许他向你传递了错误的知识，而你又恰恰知道正确的答案。这时候你一定不要笑话他，因为他提醒你以后不要犯同样的错误。

从这个意义上说，无论是有知识的还是没有知识的，都会帮助你增加和丰富知识，辅助你避免和杜绝错误。

三人行必有我师，是一个正确的说法；三人行都是我师，是一个更有利于进化的原则。

我也希望是别人的老师，哪怕是最后一类的。

女儿的烦恼

现代生活可真好，信息便利少烦恼。

远隔重洋，可以和女儿每天视频说话，永远不让你因为没有孩子的消息而悬着心、牵着肠、挂着肚。

最近女儿比较烦，让她不快的是两件事。

一是正在准备毕业论文，因为久久理不出总体的思路，让她心烦意乱，寝食难安。

二是她在一个社团里当个副主席，另一个小女生大概觉得不如自己当，所以事事作梗。

听完她的陈述，我高兴地对她说：儿呀，这两件事都是值得庆贺的，而不是应该烦恼的。女儿听后大为不解：你到底是不是亲爸呀，我都烦成这样了，你还来个庆贺。

我说你别急，咱们慢慢来理理。

首先一个问题是你想读书，就要完成学业，写论文可是拿到文凭的规定动作。为什么要规定这样的论文呢，就是因为很好地完成了这篇论文，就说明你的学识实实在在地得到了提高。所以说你痛苦地思考的过程，就是你提高的过程。既然我们学习是为了提高自己，而苦恼中你真真正正地得到提高，是不是值得祝贺，而不应该烦恼呢？

女儿想想了说，你说的倒是有点道理。那第二个问题呢？

我说第二个问题更值得庆贺。因为自从你离开父母，再没有人无私地对你好，所有的好都是有前提的，也都是相互的。反过来说，你在任何一个学习工作和生活的环境中，都会有人因为自己的利益而和你作对，你表现得越出色，这样的人就越多。

虽然这样的人的存在让你觉得有些不快，但你想过没有，正是因为他们的存在，你才会更努力地工作，更小心地处理各种问题，从而促使你走向成熟和强大。如果周围的人都是一团和气地待你，你就会懈怠，甚至是忘乎所以。从这一点上说，他们不但不是你的敌人，反而是从另一个方面来帮助你的良师益友呢。

你说得有那么一点点道理，可是我应该怎么样应对呢？女儿很急切了。

有三种建议供你选择：一是以德报怨，无论她表现得多么不友好，你都友好地对待她，有良知的人会幡然醒悟的；二是置之不理，她说她的，你做你的，只是要工作要出色，决策要谨慎；三是最下策，如果实在气不过，就抓住她的毛病，有理有力地进行反击和批评。

女儿有点高兴儿：老爸你咋这么多办法呢？

你没看老爸满身的伤啊？

我俩都开心地笑了。

放 松 心 情

女儿上大学之后，向我提出要去打工。增加收入倒在其次，我很希望她能有到社会中去锻炼的机会，所以很支持。几天后，她高兴地告诉我，自己在一家补习学校里找到了英语教师的工作，既不用很辛苦，又能在教课的过程中自我进步。我当然是既放心又高兴。第一次有工作，女儿非常努力，很快就和校长老师及所教的初中生们相处得很融洽，心情自然也更好。

然而过了几天问题来了。一般情况下有什么事都是在晚上通过不用额外花钱的网络来交流，但这一天白天女儿便打电话了。看着号码我就想，她一定遇到重要问题了。果然。女儿情绪十分低落地说：爸爸，我郁闷。她告诉我，由于教的课表与她大学中的课程有冲突，当打电话和校长商量如何调整的时候，校长突然挂断电话，而且关了手机。对于初次参加工作的小女孩来说，这种情况当然会让她既不知所措，又会产生精神压力。最后她无助地说：爸爸，我该怎么办哪？

听女儿说完，我劝她说，别急。你想想会不会是如下几种情况。第一是不是校长的电话突然没电了，又不方便充电？第二种情况是不是校长上飞机了，你知道天上不允许开手机；第三种也是最坏的一种，即使校长对你不满意，不打算聘你了，你再找份差不多的工作也不很困难。女儿嗫嚅地说：你说得倒对，但我想第一次打工就这样离开了，也不是很好。

我开导女儿说，我建议你先不要再去想这事，照常上你的课，等见到校长了没准结果比你想象的要好得多。“那好吧爸爸，我没事了。”女儿心情明显轻松了很多。

过了有一周左右，女儿又来电话了，只听她高兴地说：爸爸你说得真对呀，校长果然是上飞机了!

女儿打工的学校在大连设有分校。女儿打电话时，校长刚登上前来中国的飞机，通话期间空姐要求乘客关机。而到了中国之后，校长又觉得女儿提到的是一个很简单就可以解决的问题，所以就没有回话。

问题圆满地解决了，但这件事让我产生很多联想。如果女儿真的每天想着这件事的严重性，势必会使自己的心情受到很大的影响，也就会被一件本来没有的事情折磨整整一周的时间。多么可怕啊!

其实这种情况并不是孤立事件，我们每个人都会遇到类似的问题。领导的一句玩笑让你觉得话里有话，是在暗中批评自己;同事的一个传言让你觉得大家都在孤立自己。在这种时候，我们最需要的是尽量冷静地分析事件所能带来的最坏和最好的结果，然后做最坏的打算，做最好的努力。有时候你只需要放松心情，或许你一觉醒来，困扰你的问题已经迎刃而解或者根本不存在了。

望子成龙

这个成语本身就非常值得玩味。孩子成龙是望出来的，而不是帮出来的、打出来的、逼出来的。

望，是希望和渴望。要把它由理想变成现实，可能会有很多条路，但我认为。作为孩子的父母，最可取的办法是抓住下面的三条原则。

一是培养孩子学习的兴趣。

人从一出生开始，就对陌生的世界充满了熟悉和了解的渴望。而入学，就等于走进了了解未知世界的大门。所以说，每个孩子对学习都具有很高的兴致。由于知难而退、兴趣转移等原因，孩子的求知欲在学习过程中或多或少地变得弱化。这时候，就需要家长能够及时地引导和纠正，以使自己的孩子对学习的兴趣能够持久甚至增强。

热爱是最好的老师，只要你的孩子对课本知识产生了深厚的兴趣，你就可以收到“不用扬鞭自奋蹄”的功效，不用再为孩子的厌学而劳心费神。

二是保证孩子充分的休息。

就中国目前的教育体制来说，每位上了初中的学生每天都在超负荷地学习。很早就睡眼惺忪地到了学校，极晚才疲惫不堪地回到家。学校和老师都在用疲劳战术来追求高升学率。其实，疲劳是学习过程中最大的敌人。因为疲劳会导致注意力分散、记忆力减退。在这种状态下学习，孩子的记忆力和理解力都大打折扣。更可怕的是，长期处于这样的状态，会使孩子养成了学习时不集中注意力的习惯，这种习惯不但会误了他的学习，甚至会影响他今后对问题的思考和对待工作的态度。

如果此时的家长为了不让自己的孩子落在别人后面，拼命地为他的学习在时间上加码，那你就是在雪上加霜，不但不是在帮孩子成龙，而是在助孩子成熊。

不要成为学校和老师的帮凶，而要想办法为孩子争取尽可能多的休息时间。

三是时时对孩子进行有效的引导和激励。

清洁工光荣伟大，但哪位家长和任何一个孩子都不希望自己去做。要想让孩子对社会有巨大的贡献，那么就要随时提醒他，学习是摆脱睡得晚起得早、干得多挣得少的命运的一个重要途径。

人无远虑，必有近忧。或许孩子还在忙于学习忙于游戏，无暇思考自己的未来。作为家长，最需要在此时进行当头的棒喝，提醒孩子增强紧迫感和危机感，让他谋划自己的未来，进而抓住宝贵的现在。

也许你正为孩子不够出色的成绩而苦恼，也许你在为督促孩子学习而殚精竭虑，也许你还在想让孩子再多学点儿啥。请你把这些属于你自己而不属于孩子的想法暂时放下，把上面的三点建议细细思考一下。

或许你会觉得别有洞天。

离婚一点儿不好玩儿

一位女同事离婚多年，越是急于把自己推销出去就越是不成功，眼见由三十多急到五十岁了，儿子也已经有了工作有了女朋友，自己的终身大事依旧没有着落。听她向同事们慨叹：这一辈子就自己过吧。

她从来不向同事们隐瞒自己的私生活。三十岁的时候，她的全部精力都投入到了年幼的儿子身上，老公出轨多年才察觉。任凭老公怎么哀求耍赖，她还是义无反顾地选择了离婚。当时她认为男人不忠是最不可饶恕的罪过。

结婚前，这位同事是位美女。离婚的时候，也正是女性充满成熟美的时候，常常有男人围在身边。所以她乐观地认为一定要找一个比原来老公出色的男人，这样才既解气又不委屈自己。可当她走近围她转的男人，想要一个稳定的家庭的时候，这帮家伙便以各种方式和借口退出了。

二十年里，她通过各种渠道接触了无数的男人，歪瓜裂枣见个遍。很多时候对方的年龄、工作和经济状况让自己有种受辱和贬值的感觉，稍稍能让自己眼睛发亮的，对方又多半是看不上自己。

经历了二十年四处碰壁、心里总也没有着落的生活，她开始反思自己离婚的决定是否正确。

有一次另一位年轻的女同事问她：如果现在让你选择，你还会离婚吗？她说，保证不会。因为现在看老公还是很留恋我和这个家的，他有了悔改的表现我就应该原谅他，而我当时却把他赶出了家门。

在一旁偷听了这话，让我生出了很多感慨。

女人由恋爱到结婚，都要经历一个从公主到主妇的痛苦的转变过程。人由穷人变富人容易适应，而由富人变成穷人，就会有很多人丧失了生存的勇气和信心。更何况有外力的推动呢？

但仔细想来，在婚姻中的富人比现实生活中要少之又少。两个生长经历、生活状况、个性特征都完全不同的异性人天天生活在一起，难免要产生出无数种矛盾和冲突，在冲突中坚持和适应才是常态。如果把任何一个小的冲突都看成是对方的罪恶或是对自己的不公，那么就干脆不适合在婚姻环境中生存。

既然选择了婚姻，就要准备付出，这种付出包括感情上的和生活琐事上的。如果婚姻出现了问题，先别急着责怪和惩罚对方，而应该先观照自己是不是有不对的或者忽略的重要东西，用客观的态度来发现和解决问题。

记得十年前，我对男同学们说，女人过了三十岁，就等于把自己最美好的年华献给了你，这个时候谁再提出离婚是不讲究的行为。反过来说，当一个女人把自己的精神感情和美丽都消耗殆尽的时候离婚，是最不明智的选择。即使是中了彩票一般地又找到了如意的郎君，但你也付出了重生一般的代价，得不偿失。

闲暇的时候多想点儿高兴的事儿，尽量别想着离婚。

离婚一点儿不好玩儿。

两个人的饭

有一天中午请外甥吃饭，自然就聊到了做饭。

外甥说，在家里都是他做饭，因为同居女友的母亲不会做饭，所以女友也自然不会做饭。我问外甥，那你自己在家的时候做饭吃吗？外甥说不的，他准备了一箱的方便面。我又问他，你的女友也吃方便面吗？他说不的，她不愿意吃泡面，饿了我就给她做菜吃，她一袋面都没吃过。

听了外甥的话，我心里充满了感动。

两个人的时候起劲地做好吃的，只剩自己了就糊弄，这是几乎所有已婚人士都有的经历。

这种行为和讨好与炫耀无关。

因为很多人已经结婚多年还保持着这个光荣传统，而且年龄越大越强烈。这已经远远超出了讨好与炫耀的阶段。

这种行为和感情有关。

疼爱对方胜过自己，关爱对方胜过自己；宁可自己受苦，不让对方难受。虽然夫妻间的拉手像左手握右手，但一旦对方手疼了，你就会心里疼，所以恨不得疼在自己的身上。这是爱情的无声宣言。

这是美好情感的前提，也是通向幸福彼岸的心理基础。但是，如果把这当成你深爱对方的证明，我觉得是远远不够的。

当你啃着方便面的时候，你是否想过对方在这种情况下会怎么做？是不是也和你有着同样的感受和行为？如果有，你是否为他的行为而感动和感恩呢？如果等待你的是热腾腾的饭菜，你是否会挑剔地提出批评呢？

批评对方，就是在批评自己；否定对方的努力，就是否定双方的感情。也许你觉得偶尔批评不至于如此严重，但你的批评是在打击对方对你的爱意和对感情的信心。

己所不欲，勿施于人。你热乎乎的努力最希望换来的是理解和表扬，对方也是怀着同样的心态在努力。热脸贴上冷屁股，你受不了，所以对方也受不了。

我问小外甥，你做的菜好吃吗？他说不咋好吃，因为一直不知道放多少盐。

听完我大笑不止。既然这样还能坚持，我外甥的野蛮女友吃起来一定是又香又甜的。

两个人的饭，承载着一个家庭的幸福。

范曾来了

不知道为什么，沉寂多年的范曾突然热了起来。中央电视台《艺术人生》、《我们》栏目相继把大块的时间给了这位诗书画讲俱绝的大艺术家，请他来讲艺术讲人生讲国学。看着画面上的他，虽然依然意气风发，谈笑自若，但明显表现出呼吸的促迫，范曾老矣!

初识范曾是上世纪80年代中期，他到我读书的大学筹办东方艺术系。就是在这时候，他开办了两次讲座，我都去听了。他所讲的内容和二十多年后的今天在中央电视台讲的基本上没有大的不同，就连题目都相同——《祖国艺术人生》。但那时的范曾只有四十多岁，正处在人生的辉煌期和上升期，他较高的艺术成就和气势如虹的演讲不但引发了广大师生们的极大热情，而且他即将开设的东方艺术系也给大家一个美好的期待。

由于有了这一段我认识他、他不认识我的情缘，毕业后也一直关注着范曾。在天津的同学曾经给我寄过范曾的演讲集，我也曾买过他的两本字帖。

常言说，多才招妒，他所崇拜的屈原就是这样的一个人。诗书画都非常有自身特点的范曾本人也难免有这样的遭际;再加上他善于演讲，也就保不齐犯了言多必失的大忌。所以他有时名声大噪成为文化圣人，又有时沉寂得仿佛不复存在。

值得一提的是，我认识一位国画作者，他酷爱范曾的国画，摹仿起来也真的有些范氏作品的特征，并在落款上写“师曾”二字。范曾是时起时伏，但他的字画却持续走热。他在电视上说，全国摹仿他画作的不下十万人，创造了巨大的销售记录。他的数字是否准确我无从知晓，但听说我认识的那位摹仿范曾国画的作者已经变得富足了。

对于中国传统文化来说，范曾是一个强有力的符号。饱暖思文化，在经济高速展的今天，范曾该来了，因为传统文化热了。

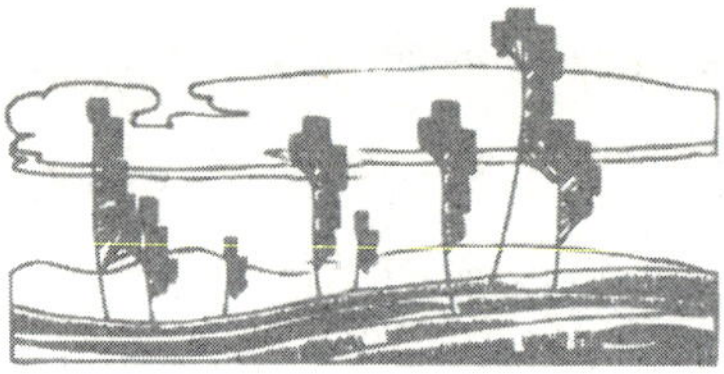

从麦克尔·杰克逊说开去

麦克尔·杰克逊去世了，他再一次引起了世人的关注潮。

记得1987年的时候，我们制作一档电视节目，其中的第一期就选播了杰克逊的一段MV来为整期节目压轴。当时还处于开放的初期，领导和同行们也基本没见过这样歌曲舞蹈相得益彰的电视艺术形式，杰克逊出色的表演使得满座皆惊，一致叫好。爱屋及乌，我因为作了杰克逊的节目而遭到表扬。

被征服和吸引的当然也有我。由于是外行，此后持续对杰克逊有着不远不近的关注。后来他把皮肤涂成白色，而且还不停地说以自己是黑人为荣。听起来让人觉得心口不一。

我觉得这种心口不一是有着深刻的社会基础的。

到美国去，听到一个让人吓一跳的消息，纽约的居民有百分之七十是黑人。怎么会这样？仔细一问，原来在城市里工作的绝大多数依然是白人，只不过白人都把家安在了城市之外的富人别墅区，而这些别墅区在行政区划上是不属于市区的，所以他们不算纽约市内的居民。而市内居民区里住的，则大多数是黑人。有一个说法，某个小区住进一家黑人之后，便开始有白人搬出，黑人再跟进。白人越急于搬出，房价越下跌，于是黑人逐渐地住满了整个小区。

在黑人聚居的社区，美国的福利机构给没钱的黑人盖起了整栋的民房，让他们免费居住。但没多久，明亮的窗子被敲碎，钉上了有碍观瞻的木板。再换上，没几天又是这样。

在大街上，常常可以看到几个黑人小伙子驾着拣来的破旧轿车疯狂兜风，车窗上糊着报纸；夜晚走在街上，有时会突然窜出个黑影，向行人要烟；天黑后的地铁站，难得见到白人的身影，成了黑人的天下。

最底层的生活，又难得受到应有的教育，使黑人养成一些难以被社会认可的习性，从而形成一种强烈的自卑感。在这种环境和心态下成长起来的人，突然间一夜成名，站在了上流社会的人们疯狂的目光之下，难免要不知所措，变得难以把握和捉摸。于是泰森咬了同行的耳朵，约翰逊染了艾滋病，杰克逊把儿子倒提在窗外，让他的歌迷们看了心寒。

其实以杰克逊为代表的黑人名人的作为，实在是普通人心态的扩大版。仔细想想，哪个人没有在困顿的时候发扬了阿Q精神，得志的时候又忘了自己姓甚名谁的呢？也许事后非常后悔，但当时却浑然不觉，感觉极其良好。

难能可贵的，是确立一种平常的心态，宠辱不惊，物我两忘。这就是儒家说的中庸，它让人困顿的时候安贫乐道，富贵的时候淡定如水。

难哪。

说 说 于 丹

于丹讲《论语》，立即在社会上掀起不小的波澜，可以说是迷倒一片，也气倒一片。

在普通百姓心目中，一直认为《论语》是有学问的人才能读懂的古书，而于丹使每位观众都对这部书有了形象的理解，从而为她自己赢得了巨大的声誉。这部分观众可以说是被于丹迷倒的一片。

于丹的观点，在学术界有许多认为可以商榷之处，甚至一些观点与长期形成的定论不相符。比如她认为“唯女子与小人为难养也”中的“小人”为小孩子(定论的理解为没有文化修养的人)等等，因而也招致了一些学者的非议乃至愤怒。这些学者是被于丹气倒的一片。

如果我们想为迷倒的和气倒的人评评理，就该回过头来看看于丹讲《论语》的场合：电视台的一档电视栏目。

电视节目有三个功能，那就是让普通百姓解气、解闷、解惑。也就是说，于丹在电视节目中讲《论语》，主要目的应该是让观众了解这部古代先贤的著作到底讲了些什么，而在学术上的观点，却不该有硬性的规定。换句话说，如果于丹的讲义是发表在学术杂志上，才具有了在学术层面进行探讨的意义和价值。如果因为电视节目引发学术论战，就有点儿像演员没出场，而观众在瞎起哄，因为电视的受众不是学者，而是普通百姓。

借助电视媒体并通过自己的努力，于丹使《论语》经历两千多年的光阴才走进普通人的心中，功莫大焉!希望因为学术观点存在差异而悲愤难平的学究们静下心来想一想。你要么有本事就到正规的学术杂志上去施展才华，要么就学学于丹，做做国粹的普及工作。

中国是有着五千年历史的文明古国，而众多的人不能够了解传统文明，那么这个文明的存在究竟有多大意义?

希望多出现几个于丹……

生命有限幸福无限

1999年，美国和意大利合拍一部电影，名字叫《海上钢琴家》。

在欧洲开往美国的轮船上，黑人船员拣到了被遗弃的白人男婴。由于当时是1900年，黑人就给男婴取名1900，像宠物一样养在日复一日地往返于欧洲和美洲大陆的船上。1900长到8岁的时候，突然一天被船上美妙的钢琴声所吸引，并出所有人意料之外地自己弹了起来。他把只靠听说，并没有亲眼见过的大陆上的村庄和都市生活加上自己的想象，用琴声表现出来。“此曲只应天上有，人间哪得几回闻。”虽然乐曲没有名字，却让所有的乘客为之倾倒，为之疯狂。

1900的名气惹怒了当时有世界爵士之王称号的黑人，他特意前来挑战，并最终在失败后黯然下船。

1900和他的朋友有过两次让他下船到陆地生活的努力，结果都宣告失败。

第一次是为了见到自己在轮船上爱慕的女孩，1900向所有船员和朋友告别，决定上岸去寻找爱人。但双脚即将踏上陆地的时候，他胆怯了。

第二次是轮船即将爆破，朋友想尽办法找到他，并极力劝说他弃船登陆。结果是1900说服了朋友，并在朋友的瞩目中，他同轮船一道在爆炸中葬身海底。

不用说，影片的摄影、情节、演技都非常出色。而最给我震撼的，是结尾处1900在与朋友争论是否该下船时的一段对白。

1900说，他可以下船，但他十分害怕见不到头的街道和分不清数目的村庄。因为他生活的世界是有起点有终点的轮船，他沉迷的天地是数得过来的琴键。没有尽头的东西会让他无所适从，从而失去了自我。

1900是借着自己在评说人生。

世界是无限的，而生命的长度和追求的乐趣是有限的。如果放弃有限而追求无限，不但不会给自己创造更大的幸福，相反还会丢掉了有限的幸福，徒增无限的烦恼。

在有限的生命里，幸福可以变得无限；在无限的幸福中，有限的生命可以变成永恒——这是《海上钢琴家》要告诉我们的。

尊重自己是高贵的品格

管仲是春秋时期最著名的国相之一。在他临终的时候，齐王说，相国呀，你辅佐了我一辈子，咱俩把国家治理得很好，现在你要撒手而去了，还要什么话想对我说吗？

管仲说国王啊，我死之后有两个人你千万不要用，一个是你想吃人肉的时候把自己的孩子煮了送给你的人，还有一个就是把腿上的肉给你吃的那位。为什么不能用呢？因为不懂得尊重自己、不知道心疼自己的孩子的人，肯定是靠不住的。关键时刻他除了自己的利益之外，谁都会不惜出卖的。齐王说我记住了。

但管仲一死，齐王就把他的话忘了。因为有了这两个人，齐王的任何愿望都能实现，那可真是爽啊。好景不长，当国王生病的时候，这两个人为了要地位要财富，不让医生给齐王治病，也不让大臣们来探视。齐王死了，这两个家伙也秘不发丧，直到齐王的尸体严重腐败，长出的虫子爬到了宫墙的外边。

其实不难理解，放弃自身的尊严去侍奉他人的人，并不是对被侍奉者的真诚，而是为了追逐利益而不惜牺牲自己的人格。人格都可以不要，还有什么情分不能割舍呢？所以这样的人做出任何不符合道德规范、不符合人伦准则的事情来都不足为怪。

尊重自己的人，会给自己的思想和行为设下一个不可逾越的底线。这个底线要求自己在道德和人伦的约束下不越雷池一步。推己及人，尊重自己的人会孝敬父母、尊重师长、热爱兄弟姐妹、呵护子女和下属。

有人愿意和孝敬父母的人交朋友，因为他们可以信赖；有人愿意和有能力的人交朋友，因为他们会有所收获。我愿意和尊重自己的人交朋友，因为他有别人无法比拟的高贵品格，这会让他人受益无穷。

首尔餐厅里的中国服务员

身处异国，最头疼的就是语言文字上的障碍。

记得到美国的时候，代表团团长一大早就来问我：你说这美国的洗发膏它怎么不起沫呢？听了这话我明白了：中国的宾馆里只备有洗发液和沐浴液，而美国却多了一份润肤膏。由于包装相同，文字又看不懂，这位领导就用润肤膏去洗头，不但不去污不起沫，还会把头发弄得一绺一绺的，既难看又不舒服。大笑之后团长赶快回去换洗发膏重洗。

坐飞机的时候打火机被没收，到了首尔又不能马上找到买打火机的商店，只好去要火柴。方法是拿上一支烟找到房间的清扫工，把烟叼在嘴上，不停地做着点烟的姿势，直到清洁工明白之后，把火柴递过来。由于懂点儿日语和少量的英语单词，经常会各种语言混用，直到对方弄懂自己的意图为止。而代表团的团长是位蒙古族干部，他连我这些笨拙的办法都没有，只是不停地开玩笑说：要知道这么难受，年轻的时候找个朝鲜族老婆就好了。

但在首尔也有沟通起来毫无障碍的地方，那就是餐馆。

每当走进一家餐馆，无论是韩式的中式的还是日式的，服务员都会迎上来，热情地用韩语向客人问好。看上去他们俨然就是韩国人。可当听到客人说的都是汉语的时候，这些服务员马上也会改用地道的东北话来交流。

五天里我们去过的所有餐馆里，为大家服务的，都是来自中国的服务员。仔细交谈，发现她们清一色是来自东北三省的中国朝鲜族妇女。她们每天工作十个小时左右，月收入是一万元。和国内的餐厅服务员相比，工作时间差不多，收入却是七八倍。

之所以让中国朝鲜族妇女垄断了餐馆服务员这个职业，是因为韩国妇女认为月收入一万元太低，不屑于做低收入的工作。所以自从中国改革开放之后，越来越多的中国朝鲜族妇女以劳力输出、投亲靠友等各种方式涌入韩国，做起了低收入的工作。虽然对韩国人来说工资很低，但对于中国农村人来说，一个月就是个万元户，这种收入可以说是天文数字了。低收入的中国人进来了，要求高工资的韩国人自然就退出了，这完全符合餐馆老板降低成本以使利润最大化的原则，所以就出现了餐馆里的垄断现象。

这些来自中国的服务员中，有很多已经在韩国工作多年，她们放弃了对家庭的照顾、对子女的教育，甚至有的还夫妻双双赴韩，留下了大量的留守儿童。她们最美好的愿望，就是靠吃苦多赚些钱，用它们来盖新房、娶儿媳，从而让全家人脱离贫困的生活。

希望她们都有一个美满的未来。

第五辑

村落传奇

狐狸精的故事

一

我家村南有一个生产队的场院，常年闲置。到了秋天，队里所收获的水稻、玉米、谷子、黄豆便源源不断地拉进来，有序地堆放，直到把场院堆满。等风干几天后便开始打场，就是用不同的方法把庄稼依次脱粒装袋，有的分到农户，有的用胶轮车送到公社粮库交公粮。

这个时候，很多农户家里已经断顿了，难免要惦记这碗边的肉；各家各户的畜禽开始放养了，少不了要挑大堆的吃；还有一些野生的动物和飞禽，也都是饥饿难耐。所以从第一车庄稼拉到场院开始，队里就要派人看守。看守员一般都是老弱病残，力气不足以干地里活，看场院就不用强体力。这一年选中的是魏三。15岁的魏三刚不念书了，干地里的活只挣别人的一半工分，农村叫半拉子。

年轻人精神头足，好奇心强。别看干活不行，看场院魏三倒是特别认真。每天天黑，他都支着手电筒，绕着场院不停地巡查，有一点儿动静他就立马冲过去看个究竟。

这天半夜，刚刚巡查一圈的魏三返回原地，坐在两个稻垛中间背风的草堆上想眯一会儿。突然，他听到背后有撕扯稻草的声音。他马上站起来，一手拿手电，一手拿一截小木棒，悄悄地绕过去。想必是听到他踩稻草的声音，还没等他走近，一个黑影便噌地蹿了出去。用手电一照，是一只金黄色，和山羊一般大小的动物。虽然没见过，但总听大人讲起过，这是一只狐狸。山村里虽然少，但是还有。

天刚蒙蒙亮，魏三便来到村西头的猎户老肖家。据说老肖家是满族，世代都是远近闻名的猎手。老肖头已经年近七十，跑山路不灵便了，猎枪便传到三十多岁的儿子肖长山手里。魏三说：肖叔啊，场院昨晚来了一只狐狸。什么？肖长山眼里放出异样的光。听魏三详细地说完，肖长山悄悄地说：这事儿谁也别告诉，今晚咱俩把它打死，卖钱一人一半。

一个猎杀行动开始了，一场噩运也开始；不知道是狐狸的，还是这二人的。

二

有人问，猎手总能打到猎物，是不是他们的枪法特别准？其实不完全是这样的。农村猎手所用的，是一种叫洋炮的土枪。它发射的不像步枪是单发子弹，而是几十粒甚至上百粒小铅弹。在开枪所形成的扇面之内，猎物都有可能中弹，有时打中的还不只是一粒铅弹。

农村的野生动物逐年减少，往年洋炮的用处也就是打打家雀之类的小飞鸟，虽然有收获但不尽兴。能打一只狐狸，这可是多年没有的事儿了。想起这过瘾的事，肖长山便格外兴奋。但他并不急于去场院，祖上和自己的经验告诉他，不到后半夜，狐狸是不会到村边冒险的。所以他收工后按部就班地吃完晚饭，然后开始做必要的准备。他把火药从枪筒装进枪膛，再用绑着布条的长铁丝压实，之后抓一把铅弹，也从枪筒送进枪膛；拉开枪栓，压上纸炮，再轻轻把枪栓合上。这些工作完成，就等着瞄准目标开枪了。

到了半夜，家家熄灯进入了梦乡的时候，肖长山拿起猎枪到场院找魏三。二人在距离前一晚狐狸来过的地方有五六米处并排趴下，然后在身上盖上稻草。魏三依然是一手拿手电，一手握着木棒；肖长山把猎枪的枪管从稻草下面向前探出，双手放在枪托上，保持着随时可以射击的姿势。一个小时、两个小时、三个小时，直到天要麻麻亮的时候，二人同时看见有动物从远处小心翼翼地走过来。等走近时二人才发现，不是一只，而是四只!

四只狐狸两大两小，明显是父母带着两个孩子出来觅食。到了稻垛旁，其中一只大的四处张望，另一只紧紧护着两只小的，两只小狐狸边吃边发出撒欢似的呼呼声。

四处张望的一定是爸爸，就是它昨晚来踩点儿了。魏三这样想到，狐狸爸爸，狐狸妈妈，带着两个狐狸孩子来找吃的，多幸福的一家人呀。他真后悔把肖叔叫来打狐狸了。

砰!魏三正在遐想的时候，肖长山手中的洋炮响了。狐狸们先是一愣，然后便四散奔逃。二人看见狐狸爸爸的一条腿被打瘸了，于是同时跳起来，向瘸狐狸追去。

三

三只没有受伤的狐狸很快便没影了，受伤的狐狸爸爸跳着三条腿，一会儿跑进收割后的大地，一会儿又跑进不高的草丛中，但始终难以逃出二人的视野。二人便瞄着它的踪影，死死追着不放。这种竞赛整整进行了一个小时左右，人困狐乏之后双方的速度明显放慢了。肖长山喘着粗气告诉魏三不要跟着他，分开来堵。这一招果然奏效，不一会儿狐狸就被围到了河岸边的一株孤树之下。二人手中握着家伙，慢慢向前逼进，随时准备给狐狸以致命的一击。

当二人都走到了攻击位置的时候，意外情况发生了。只见从来不会爬树的狐狸在求生本能的驱使下，竟然噌噌地爬到树上，三只脚死死抓住树杈，向远处望去，它的双眼满含着泪水。顺着狐狸爸爸的视线，魏三发现刚才没了踪影的三只狐狸正齐整整地站在远处，向这里张望。

魏三瞅瞅正拿着木棒要爬上树的肖长山，开口说道：肖叔啊，你看狐狸都哭了，怪可怜的。肖长山说，你没看杀牛吗？不但被杀的牛会哭，所有看见的也跟着掉眼泪。别怕，整死它!

魏三拿长竿在下面捅，不让狐狸反抗伤人；肖长山爬近了用短棒照脑袋一顿暴打。打了一会儿，狐狸的叫声越来越微弱，最后扑通一声掉到地上，蹬了两下腿就再也不动了。看到这个场景的另外三只狐狸转身离开了，嘴里发出呜呜的哀鸣。

天已经大亮了。听说二人打死了狐狸，半村的人都来看热闹。孩子好奇地看着它那张狡猾的脸，老人则稀罕地摸着它光亮的皮毛。这时候一位妇女挤到近前来，对肖长山说：肖大哥，我心脏不好，能不能把狐狸心送我治病。肖长山一看，是高校长的老婆李淑芬。这李淑芬是有名的病秧子，一年在炕上躺大半年。既然是真的有病，又是校长家里的，这还有什么说的呢？肖长山说：行，你回家等着吧，一会儿我打发孩子给你送热乎的!

四

农村人认为有三种动物具有灵性，它们分别是蛇、黄鼠狼和狐狸。由于黄鼠狼和蛇个头太小，灵性也有限。而这狐仙可是十分了得，它显起灵来，轻则让害它的人生病遭灾，重则置人于死地。但话说回来了，世代生活在充满黄蛇狐的环境里，哪能不打交道呢。再者说，三仙显灵的事毕竟只是传说，没有人亲眼看见。所以人们对它们是心怀敬畏的，轻易不敢出手伤害；而一旦发生了冲突，人仙之战也是难免的。

和魏三一起把狐狸扛回家，肖长山扒拉口饭就去队里收秋了。魏三和乐得合不拢嘴的肖爸爸磨好刀就开始收拾狐狸。肖老汉既是好猎手，也是上等的屠夫，不一会儿工夫，剥皮、开膛、取下水，麻利干净。魏三打着下手，眼睛都看呆了。

收拾利索之后，肖爸爸开口了：三啊，这一半肉你拿回家；这颗狐狸心送给你高婶；这皮等卖了再分钱。

魏三把狐狸心送给住邻居的李淑芬，乐颠颠地扛着半扇狐狸肉向爹妈报功去了。

单说这李淑芬多年就有心慌的毛病，大夫没少看，药也没少吃，就是不见效。看着还冒着热气的狐狸心，她好像看见了自己脱离病痛的希望。

乡村医生曾告诉她，这狐狸心最好不要洗，要让心房的血保存住并一起吃下去效果更好。按照这个办法，李淑芬把狐狸心放在锅里，再添上能盖住心的水，盖上锅盖煮了半个小时，然后拿出锅趁热切成几片，蘸着盐一口气吃了下去。

有效果没有啊？高校长看老婆吃完了，急切地问。李淑芬没有说话，眼睛直直地看着丈夫，就像从来不认识一样。突然，她哇地吐出一大口鲜血，接着便大哭大喊起来：哎呀我那可怜的哥哥呀，你咋就死得这么惨啊!我的天啊，让我怎么活呀!

看到这个场面，孩子们吓得跑没了踪影。高校长也惊得后背冒凉风：她是一个独生女，哪来的哥哥呀，这是怎么了？

高校长的吃惊远没有结束。李淑芬一面哭着，一面回身从柜里掏出两块白布，一块缠在头上，一块披在身上。

淑芬，你这是干啥呀？高校长怯生生地问。李淑芬不但不回答问题，而且就像丈夫不存在似的找来笔和一张纸壳，写上“胡天龙之位”，供在饭桌上，然后就跪在地上，不停地磕头，不停地哭着说些什么。

联想到今天肖长山和魏三打了狐狸，老婆又吃了狐狸心，高校长似乎有点明白，媳妇儿这大概是村里人常说的狐仙附体了。但他是一校之长，家里搞迷信活动那可是要治罪的。这可怎么办呀？

有病乱投医，心乱如麻的高校长突然想起一个人。

五

高校长想到的是远近有名的王大神。

据说这王大神也是狐仙附体，来神的时候能喝上一大盆足有五斤白酒没有一点儿醉态。他的身体轻得能蹿到房梁上，还大气不喘地说着众人听不懂的话。这些绝活让大家都相信他有神仙之体，也就常请他降妖治病。高校长之所以想到王大神，是因为他想让大神和老婆交流一下，看看能不能人不知鬼不觉地把事情处理掉。这样老婆就不再疯疯癫癫，自己也不会背上搞迷信活动的名声了。

不一会儿，儿子小胖把王大神请来了。高校长刚要说点儿什么，就被眼前的情景惊住了：王大神站在屋地中央，眼睛直直地看着李淑芬，满脸怒气；李淑芬依然笔直地跪在地上，仰头盯着王大神，眼神里显出了恐惧。接着二人便开始了像外星人一样的对话。

王：老实说，你是谁？

李：我叫胡玉仙。

王：为什么这样闹人？

李：我大哥胡天龙被肖长山和魏三给打死了。

王：嗯——，死了不能复生，你这么闹有什么用？

李：我要给我哥报仇。

王：报仇可以，你找肖长山和魏三去，把李淑芬放了吧，她还有一家子人呢。

李：不行，她吃了我哥的心，我要让她遭报应。

高校长在旁边呆呆地听着，手里像攥着水，心里像放进冰。这报应会是什么样的呀？他不敢问二人中的任何一个，而且大气也不敢喘一下。老婆已经不是老婆，王大神也已经不是老邻居了，这是另一个世界中神与仙的对话。

王：那咱们就抓紧了结，你想怎么做？

李：我要让肖长山给我哥披麻戴孝，让我哥入土为安。

王：这事办完了你就离开吗？

李：是。

说到这儿，王大神才恢复了正常人的状态，转过身来，用另一种语气说话了：高校长，没别的办法，你媳妇被附体了。去把肖长山找来，按它说的办吧。

听了这些对话，事情已经由不得高校长多想了。他说：行倒是行，你自己在我家没事吧？王大神说：它的道行没我深，伤不了我，你快去快回吧。

六

天已经黑了。被老婆折腾了整整一天，高校长早已是魂不守舍、精疲力竭了。自己家在村东南，肖家在西北，他心乱如麻，漫无目的地挪动着脚步，不知道什么时候走到了肖家门口。还没等伸手开门，他听到屋里有很大的咚咚声。他缩回手，走到窗前探头向里面望去。他看见肖长山双手抱着头，表现出痛苦的样子，还不停地以头撞墙，发出了他听到的咚咚声。肖长山的父亲和老婆在他身后，拉也拉不住。

高校长急忙推门进屋。肖老汉见他进来，松开儿子站起身说：高校长你坐吧。长山不知咋地啦，吃完晚饭就愣说有人拿棒子打他的脑袋，头和眼睛疼得总往墙上撞。高校长说，不坐了，我知道是怎么回事，大概是打狐狸惹的，我老婆也在家闹呢。快让长山上我家去吧。肖老汉说：你看他都这样了咋去呀!这时候肖长山停止了撞墙，连声说：走吧走吧，我能去。高校长和肖老汉对视了一下，二人同时说：那就穿上衣服快走吧!

肖长山本来个子就不高，此时双手抱头，猫着腰走路，显得猥琐矮小，猎人的神气已经荡然无存。村子不大，二人在恐惧和沉默中很快走到了高校长家的院门口。朦胧中见王大神站在院门旁：狐仙有话，让肖长山一步一磕头地进屋。

肖长山表现出了前所未有的顺从，扑通一声在门口跪倒，朝着高家磕一个头，向前挪动一步，再磕头。高校长家院脖子长，连噌歪再磕头，有十分钟光景才推开高家的屋门。

看到屋里摆的灵堂，肖长山心里一颤。更让他心里发颤的，是李淑芬也跪在那里，手里却举着一块盖房子用的砖。“这是要以怨报怨吧，我的小命今儿个可要交代了。”别无选择，他还是一蹭一磕头地向灵位运动。咣当!正在俯身磕头的肖长山听到一声响，惊得赶紧抬头。李淑芬把砖丢在了自己的眼前，恶狠狠地说；往砖上磕，不磕出血不行!接着又开始痛哭：可怜的哥哥呀，就是这个人用棒子使劲打你的头哇，你死得太惨啦!

肖长山筛了糠一样，不敢听她说什么，只是不停地磕头。一会儿工夫，血就把整个砖头染红，开始向地上漫去。

行啦行啦，再磕就出人命了，你说还怎么办吧？王大神又现出了严肃的表情，就像是一个公正的和事佬儿。

李：明天要给我哥哥下葬，肖长山你和魏三要给披麻戴孝。

肖长山连忙点头。

王：尸首没有了，怎么下葬啊？

李：要扎一个和我哥哥一样大小的纸狐狸。

王：行。下完葬这件事就算了了吧？

李：嗯。

王大神又朝向傻站着的高校长和不敢抬头的肖长山说：长山哪，抓紧让你家人准备吧，按它说的办好了。

肖长山站起身，不敢看任何人，急急地推开房门，正好撞见了在门外偷听的爸爸。

二人一溜烟地跑回家去。

七

也是大清早，也是扛着东西。肖长山昨天是扛着真的狐狸高高兴兴地回家，今天是扛着纸做的狐狸神情沮丧地送葬。为了让三代单传的儿子不出闪失，肖爸爸拼命讨好起狐狸精来。他不但找人连夜扎了纸狐狸，而且在胡玉仙的要求之外还雇了吹鼓手。肖长山和魏三戴着重孝，分别扛着纸狐狸和捧着写着胡天龙的牌位，缓缓向昨天打死狐狸的那棵孤树走去。后面跟着李淑芬和王大神，身后是吹奏忧伤曲调的吹鼓手和几个拿着锹镐准备挖坟的社员，最后是几乎全村的男女老幼。

到了树下，按着胡玉仙在地上画的圈，大家便开始挖坑，之后是下葬、填土、磕头、放鞭炮，程序和农村安葬老人没有一丝区别。

既然大伙都知道了，这件事也就没有藏着掖着的必要了。一切活动就绪之后，王大神开始问话了。

王：胡玉仙，按你说的都做完了，你也该让我们看看你的真身吧？

李：可以，我明天上午在东山苞米地里现身。

王：这三家人都没事了，你就该放过他们吧。

李：这不行。他们都应该根据罪孽的大小领自己的报应。

王：都是什么报应？

李：这个天机不可泄漏。

说完这句话，李淑芬突然倒地，口吐白沫，不省人事了。

高校长没来，大家七手八脚地抬着李淑芬，打道回府了。

农村难得有点新鲜事儿，第二天上午，东山上站着一片的人，他们急切地想知道胡玉仙说的准还是不准；这也从一个重要方面证明是不是真有狐仙存在。

“快看，真来了！”不知道谁在人群中大喊。顺着他手指的方向，众人果然看见一只狐狸正在横穿人们的视野。这只狐狸不同于一般狐狸的黄色，而是雪白色的。在日光的照射下，跑动中狐狸毛上发出晶莹透明的光泽，这光泽既好看又让人毛骨悚然。过了一会儿，狐狸便进入一片草丛中，逃离了如痴如狂的观众的视线。

回家之后，李淑芬的病好了，被她和高校长视若心尖的独生儿子却突然发疯，最后在一个寒冷的冬天里冻死在了野外。

因为搞迷信活动，高校长被免职，求了好多人保住了民办教师的位置。

肖长山回家后头不疼了，但眼睛却没保住。最后用来瞄准的右眼被医院摘除，安上一只狗的眼睛。那只眼睛深深地凹下去，看着瘆人。

魏三倒没有遭受什么灾难，但从此不敢再杀生。

这件事已经过去整整三十年，它常常被人们回忆起来，但没有人去分析和验证到底是怎么回事。大概是宁可信其有、不可信其无的心理，使大家望而却步吧。

小　芬　儿

一

东北的解放简单得有点儿像农村妇女卷煎饼：拎住圆形煎饼在同一直径上的两个点，向圆心对折、再对折，完了。四野的部队以哈尔滨和临江为根据地，没用多长时间就把东北的大部分农村解放了。每解放一个地方，部队就马上留下人手，打土豪分田地。

分完田地当兵去。当国民党的兵叫抓壮丁，当共产党的兵要自愿。

把全村的青壮年聚在办公用的屋子里。土改干部先讲道理，分田分地了，要保护我们的胜利果实，就要当兵打仗去。大道理讲完了，等待大伙儿自愿报名。

可就是没有人报名。因为农村人虽然笨，但不傻，他们都知道打仗是九死一生，既分了田又不打仗是最划算的。

既然没人报名，土改干部们用上了杀手锏。让大家都坐在大炕上仔细想，谁想好了就站起来报名。这炕一大早就被架上木头烧得滚热，连铺在上面的炕席都已经因为烤糊而变成了黑色。村民们一坐上去，屁股底下先是感觉越来越痒，接着是有热气向肉里冲，最后屁股上的皮就像要被烙得渗出油来。

为了防止惹祸上身，农民们的固有观念要求他们绝不先出头，最好的办法就是傻子过年——看隔壁。年纪大点儿的村民皮糙肉厚，屁股疼点儿也能挺住。任凭下面翻江倒海，就是稳如泰山。可年轻的就不同了，既缺少经验，也缺少耐力。坐了有一袋烟的工夫，宝财觉得实在受不了这份罪，把右手拄在炕上，欠起屁股，想换个凉一点儿的地方再坐下。

来不及了。宝财刚把屁股抬起来，干部们马上冲过去，把他拽到地下，对大家说：张宝财自愿报名了，大家鼓掌！还没等宝财没返过神来，就已经在掌声中被戴上了大红花。

就是用这种百试百中的办法，可以一直坐到规定的人数全部报满为止。

解放战争之后是抗美援朝。由于吉林处在最前沿，兵源的需求不但数量多，而且持续时间长。村干部们依然用这种好办法，募集了大量的战士跨过鸭绿江，血洒江对岸，形成了“山山杜鹃花，村村烈士碑”的悲壮情景。

战场不等人啊。第二天，宝财就要和四个和他一样烙得欠了屁股的村民一道上前线了。走到这一步，宝财也觉得没啥，反正得有人去打仗，死了算倒霉，活着算运气，二十年后还是条好汉。

虽然这么想，可宝财还是落了泪，他舍不得新娶的媳妇小芬儿，也不愿意让小芬儿一个人在家受苦。

小芬儿家在外省，到姨娘家串门时相中了邻居家二小子宝财。姨娘家没孩子，而小芬家孩子又多得数不过来，妈妈姨娘乐得让她留在这边儿，于是便顺水推舟地托媒把婚事儿促成了。

这小芬儿一点儿也不像农村姑娘。她不但白净得出奇，而且走路干活慢慢悠悠，不管和谁说话脸上总是挂着柔柔的笑，这种优雅的气质格外招人端详。

过门做了媳妇，小芬儿整天忙里忙外，见到家里外头人都小声说话，微微浅笑，只要有她就有和气与舒心的感觉。这宝财更是美得合不拢嘴儿。媳妇不但白净漂亮，而且每天都把他从上到下收拾得干净整齐，往外一走，老有面子了。从他脸上得意的笑里就能看出媳妇白天晚上都把他照顾得幸福开心。

好景不长，腊月刚做了新娘子，刚过了二月二宝财就当了兵要上前线去打仗了。掐指算来结婚还不到三个月就棒打了鸳鸯，心里这个苦不用说就知道。临走的早晨，小芬儿抱住宝财死活不撒手。军令如山倒啊！最后还是小叔子小姑子一齐上，把宝财从小芬儿的双臂中拖了出来。

宝财被部队上的人领走了，小芬儿也恢复了从前的状态。依旧不停地里外忙活，依旧见人就带着笑说话儿。外人看不出她有什么变化。但小姑子却和村里的姐妹们说，二哥走了之后，经常听见二嫂自个儿在屋里哭。这话很快就让全村人都知道了。人们碰到每天形单影只的小芬儿的时候，自然要多看一眼，仿佛想透过她那特有的笑容看穿内心的所思所想。农村人心眼实，心眼善，在关注的眼神里也充满了同情与怜惜。

被全村人关切的心情包围着的小芬儿也得到了村长无微不至的照顾。

村长叫赵广太，四十多岁。是小芬儿姨父的三哥，论起来叫三舅；另外他是一村之长，有责任照顾好军烈属。自从宝财走后，除了他的家人和小芬儿的姨娘，最频繁地来到小芬家的就是赵村长了。村长来看小芬儿时从来不空手，不是在过年的时候送上一袋面，就是入冬的时候拉来一车柴。每次都坐下来和小芬儿聊上几句，问问缺啥少啥，有没有需要村里办的事儿。临走的时候总是以长辈的姿态拍拍小芬的肩膀，鼓励几句。这种常有的关怀和鼓励让小芬儿觉得心里暖乎乎的，充满了感激之情。时间久了，小芬甚至开始有了莫名的期盼。

盼归盼，但小芬儿总觉得受到别人太多的关照之后心里有些不安。她希望多干点活儿，靠自己的力量解决基本的生活问题。于是秋天来了的时候，她每天拎着镰刀上山，想割回冬天用的烧柴。

深秋初冬的时候，山里的植物被霜打死之后再经过秋风的吹拂，很快就变得干燥起来，这就是割柴的最好时节。

小芬儿不求快。她到了山上之后，找好位置开镰，把蒿草和灌木成片地割倒，然后再统一打捆，再把柴捆儿码在一起继续晾晒，之后就可以下山回家了。

山区的秋天时常会有意外的收获。这天小芬儿割着割着，就发现眼前有一棵不大的矮树，上面结满了红红的山里红。颜色最能吸引女人，小芬欣喜地走过去，用镰刀勾住树枝儿，另一只手去摘上面的果子。

突然，小芬儿感到有人从后面把她抱住了。她又慌又怕，急忙松开树枝，把手中的镰刀迅速地向身后挥去。当她转过身之后，手中的镰刀也停住了。

抱住她的人是赵村长。

二

小芬儿收起了惊恐的眼神，低声叫了声三舅。

她马上看到赵村长的眼里也有着惊恐，并且没有撒开抱着她的双手，而是在原地转个圈，才把自己放在他身后的地上。

“傻丫头，你咋这么不小心啊，掉下去还不把你摔成肉饼啊？”

顺着村长手指的方向，小芬儿沿着采果子的树向下望去。透过蓬乱的杂草，她发现树根并不是长在地上，而是长在悬崖的侧面，而树根到下面的沟里，就像是站在房顶向下望一样深。如果刚才采果子时一失足，自己就要滚到悬崖下，怎么也要被满地都是的树茬子穿几个窟窿。

“我家那里全是平地，哪知道这儿还有这么吓人的地方啊，多亏三舅了。”

“孩儿啊，还有更可怕的呢。这里有的时候还有黑熊和狼呢，你要留点儿神。有事儿了就喊一声，我就在下面割柴呢。”

“嗯。”

看着村长走下山坡的背影，小芬儿也没心思再打柴。捆好捆码起来，就朝家里走去。

夕阳把温暖迎面扑过来，让小芬儿觉得浑身上下暖暖的、痒痒的，有一种说不出的舒服和幸福。微风吹来，隐隐感到有一股特别的气味。她下意识地抬起胳膊，闻了闻衣服。这是十足的男人味，是汗、烟和盐混合而产生的刺激气味。是村长抱住她的时候残留下来的。自从宝财离开家，小芬儿再也没有闻过这种销魂的气味儿了。这个气味引逗得她想起宝财来。很久没有消息了，这个死鬼在哪儿不知道、怎么样了不知道、就连是死是活都不知道。

“嫂子你快点儿拧扯，二哥来信了！”

声音听清了，而小姑子在村头的夕阳下成了一个剪影。

仍然慢慢悠悠，小芬儿向那个剪影走去。

古代的战争史告诉我们，一味地防守就像张开五指去接水，用不了多大工夫，就会漏得一干二净。于是地广人众的中国在历史上才有了五胡乱华和元、金、清三个异族政权的统治。

在解放战争中的东北，国民党军队就是这样在处处设防处处败退中过日子。然而防守再无力，也要用人去打。在防守与进攻的交替中，死人的事儿是经常发生的。

宝财到了部队，大大小小的仗打了十几场。别人打仗怕死，尽量往后蹭，有机会了还会当逃兵。但宝财从来不这样想也不这样做。他认为怕死怕死，只有怕了才会死。战场上没有安全的地方，向前冲生存的希望才会最大。在一次攻城战当中，守城的国军在必经的桥上撒满黄豆；解放军战士一踏上去便无一例外地摔倒。国民党军在堡垒中从容地挨着个儿点名。宝财滑个趔趄之后横着掉进河里，在射击死角中拣了条命。从此他更加坚信自己的信条，打仗更猛更快也更狠。身边的战友一批批倒下了，他却从战士班长排长一直升到了连长。

趁着部队休整的空当儿，宝财给家人写了这封信，一报平安二报喜，三也是表达对小芬儿的挂念。

向婆婆和姨娘报完了信，小芬儿拎着信回到自己家，进屋便疲惫地头朝下躺在炕上。

看完宝财的来信，她没有婆婆姨娘那么高兴。平安是好，当官儿不当官儿的她丝毫也没有在意。从嫁给宝财那天起，她神往的就是男人守在身边，再生一堆孩子，过上衣食无忧的日子。嫁汉嫁汉，穿衣吃饭。现在不但不能指望着宝财供她穿衣吃饭，还要每天抓心挠肝地惦记他的生死，要想见他一面，是无法实现的愿望了。

小芬儿饭不愿做，炕不愿烧，成天生活在没有男人也没有热度的屋子里，昔日的新房成了她的伤心地。每每想到这些，小芬儿就觉得自己命苦，并把自己可怜得流出眼泪来。

正在她顾影自怜的时候，有人敲窗户："小芬儿开门，村上来给你道喜了！"

是赵村长。小芬儿擦泪点灯开门。赵村长带着妇女主任治保主任走了进来。村长讲了祝贺的话之后就笑眯眯地看着小芬儿，治保主任便高兴地告诉她，宝财现在的官有多大，带多少兵，今后还有什么样的出息。

小芬儿笑着听，不停地说嗯哪。

当三个干部起身离开的时候，小芬儿把他们送到屋外。她突然说：三舅啊，我有话要和你说。

听了这话，两个主任走了，村长一个人又返身进了屋，站在屋地等着小芬儿说事儿。

插好门的小芬儿一下子从后面抱住了村长，轻声地说，我想让你抱抱我。

片刻的愣怔之后，村长转身紧紧搂住了小芬儿。

自打小芬儿长住在哥哥家的时候起，赵村长就看着白净柔弱的小芬儿顺眼。宝财当兵走后，他又多生出了一份怜惜。在因为工作需要而帮助小芬儿的同时，也产生了靠近她的冲动。碍于身份和辈分的关系，这种冲动时时折磨着他，却又时时被压制在心里，就像脆弱的堤坝在阻挡着滚滚涌来的洪水。小芬儿的举动让这堤坝被彻底冲垮了。

或许宝财离开的时间太久了，或许是女人有别人永远无法窥见的另一面，炕上的小芬儿完全不见了猫一样的温顺恬静。不大的工夫村长就气喘吁吁地溜回了家。

一个疲惫、幸福和踏实的不眠之夜。

三

寡妇门前是非多。要是一位漂亮的寡妇，这门框就要被挤破。小芬儿虽然有丈夫，但长年在外而且是命悬一线，所以小芬儿被视作和寡妇相差无几的女人。

自宝财当兵走后，小芬儿漂亮贤惠招惹得不用说是光棍们，就是有家有业的老爷们们也有事没事就往小芬儿家住的村东头凑。经过小芬儿门口的时候，还要故意喊两嗓子咳嗽一声，以引起小芬儿的注意。在和所有人说话的时候，小芬儿都带着甜甜的笑，对那些光棍们也不例外，所以就有人像受到了鼓励，对这个丈夫长年在外的小媳妇儿产生了让自己兴奋的幻想。山沟里的村落太像一汪死水，一片树叶掉进去都能搅得上下一齐翻腾。于是农闲的时候，大家就拿着小芬儿垫牙。今天和谁多说话了，明天上哪儿去了，都是讲不完的话题。哪个男人替小芬儿说句话，立马成为大家嘲讽的目标。

每当有人和她开过火的玩笑，小芬儿都红着脸借故走开。她自然听不到关于自己的闲话；而赵村长偶尔听到大家拿小芬儿嚼舌头，也并不制止。俗话说灯下才黑。总拿光棍们说小芬儿的事儿，也正是转移了大伙儿的视线，他便成了灯下的黑影，不容易引起别人的注意了。这些闲话也提醒他要时时小心，不能在众目睽睽之下总往小芬儿家凑了。

村长不想往小芬儿家凑是一厢情愿。一天见不到面，小芬儿就会想着法儿在大街上或是谁家里碰上他，还有的时候竟然到他的家里和三舅妈唠嗑，和弟弟妹妹一起玩儿。见到他回家，小芬儿就直直地盯着他，傻子都能看出眼神里的关切和渴望。

开始的时候赵村长满心欢喜，这个飞来的艳遇让他觉着亢奋和骄傲，走起路来腰板都拔得溜直。为了满足自己，他努力地迎合着小芬儿。趁没人的时候溜进小芬儿的家，更多的时候是相约来到青纱帐，在割柴的山沟，在采菜的庄稼地，方圆儿里都有他们快乐的回忆。

但赵村长的忧虑也随着时间而逐渐加重，有时会把自己吓得脑袋有些发胀。小芬儿是军婚，在当时和在外打仗的军人妻子通奸，那就是板上钉钉的死罪。一旦事情败露，那他赵老三就只能做风流鬼了。他要想办法说服小芬儿，减少或者断绝这种掉脑袋的风险。

来不及了。

半夜进了门的时候，小芬儿正蹲在灶坑边上不停地呕吐。赵村长脸色马上变得惨白：小芬儿怀孕了。

手不停地敲打小芬儿的后背，脑袋不停地转着。

那个时候还没有避孕和流产的办法。只要处在生育期，孩子便一个连着一个地生出来。所以一家生十几个孩子并不稀奇，而舅舅比外甥小、侄儿哄叔叔的事情也是村村都有。直到夫妻一方彻底丧失了生育能力，这造小人儿的运动才宣告结束。别的办法都不会奏效，而唯一的办法是把小芬送回外省的娘家，留下生完的孩子再回来。

小芬儿也知道就这一个办法，所以也不反对。但回娘家必须经过长春，前几天宝财来信说他们正在困长春，十几万大军把长春围困得连鸟儿都飞不过去。这娘家可咋回呀？

两个人思来想去没办法，只好相对叹息。最后赵村长说，等吧。只有部队快点儿解放长春，才是我们的唯一出路了。偷了宝财的东西，却只有宝财带领部队快点儿打下长春，才能安全地给自个儿开脱罪责，造孽啊！让赵村长安慰的是，小芬儿说了，是自己愿意的，到啥时候也不怪他不恨他。

两个人像丢了魂儿，每天竖起耳朵听消息盼来信，一有长春解放的消息马上让小芬儿回娘家。就在这焦急的等待中，小芬儿开始显怀了。穿肥大的衣服，里面再衬上紧身的。但还是有好事儿的老娘们从小芬儿的脸上增加的斑点儿看出了门道，新的传言又开始了。不过大家伙这回显得格外加小心。猜归猜，一旦搞错了，这可是可能掉脑袋的闲话啊。

眼看无法再瞒下去了。赵村长让小芬儿和婆婆姨娘吱个声，不管怎么劝，还是坐上了去长春支前的大车。他和小芬儿商量好，到了长春附近就向东边的吉林方向绕，什么地方能过去就从什么地方折向北边回家。

挺着大肚子独自一个人走几百里的山路，还不知道路上吃啥住哪儿。想起来所有亲人都担心，两个人更是心里发慌。一旦有了闪失，那可是一人二命啊。但什么事儿也没有把孩子生在寡妇家里事儿大，这个险值得冒。

天无绝人之路。当小芬儿坐的大车到了长春的时候，这里已经和平解放了。走在街上，满地都是军人。小芬儿多希望这里边有她的丈夫宝财啊，但她又特别地怕有这样的巧遇。想着想着，小芬儿心里有凄楚的感觉，眼泪直往眼眶里涌。但肚子里的孩子像是知道了妈妈的心思，小脚用力地踢着，催促小芬儿赶紧上路。

凭着怀里的军属证，一出城小芬儿就蹭上了返回家乡方向的支前大车，没几天的工夫就顺顺当当地回到了娘家。

小芬儿的娘家住在既放牧又种田的平原地带。早晨起来看着地平线上升起的太阳，小芬儿心情就像没有一丝儿云彩的天气一样透亮。过了几年开门见山的日子，心里总觉得堵得慌，这下子终于可以放量地喘气了。更让她舒坦的，是把身上缠了几个月的东西一股脑儿地解下来，让自己的肚子尽情地放松，也让里面的孩子伸伸胳膊撂撂腿儿。婚事是在姨娘家办的，老家村里的人只知道小芬儿在外面嫁人了，姑爷长得什么样做什么的一概不知道。怀了孩子回娘家串门子，是再正常不过的事儿了。

和妈妈实打实地说了，怕妈妈一旦和姨娘说话走了嘴，就是没有透露孩子的爹是谁。妈妈虽然上火，但也无可奈何。最后娘儿俩统一口径，向家人和邻居说姑爷子刚当兵走了，公婆年纪又大，只好让娘家侍候月子了。

在娘家住了不到两个月，小芬儿生了。一出生就呱呱叫的小丫头让小芬儿一会儿喜上眉梢，一会儿又满脸愁容。还没出生的时候，妈妈就无数次地和她琢磨着处理这个小生命的办法。妈妈说最彻底的招儿就是找个不认识的，最好是条件又不错的家庭送了。为了根绝后患，要一辈子也不能想着再见到孩子。虽然小芬儿觉得妈妈的主意太残忍，但为了自己和赵村长的安全，也为了能和宝财好好过日子，这也是最好的法子了。

其实不管姑娘同不同意，妈妈早就在孩子没出生的时候开始物色人家了。女儿可以舍不得把自己身上掉下的肉送人，可当妈的就不能不拿事儿了。这孩子要是留下，早晚都会给姑娘留下无穷的后患，让她在屈辱中过一辈子。村北头新搬来一家，只是没儿没女的夫妻俩。从谈吐和打扮上看，他们肯定是哪里怕挨斗而逃难的地主，家境一定不错。一听说有人愿意把孩子送给他们家，两口子高兴得不得了。他们答应小芬妈两件事儿：一是给小芬儿两升小米补补身子，二是抱上孩子立马搬走，再也不在村里现身。

明天一早孩子就要被人抱走了。

吃完晚饭，小芬一直把孩子紧紧地搂在怀里，俯下身不停地对女儿说着话。她告诉孩子，从明天起就要离开妈妈了，要听新妈妈的话，长大了不要淘气，也不要想亲妈妈。虽然你还听不懂，但要记住，一定嫁个好丈夫，平平安安地相守一辈子。小芬儿的妈妈怎么劝也没有效果，只好在一旁边听边抹眼泪。

一阵时断时续的敲门声打破了这悲切的场面。妈妈擦擦眼泪走过去开门。看见来人，老人家惊呆了，小芬儿更是妈呀一声尖叫之后直挺挺地向后倒去。

来人是宝财。

四

抗战胜利的1945年，林彪带领十万人赤手空拳来到东北，到1948年入关的时候，带出去的却是百万雄师，除了有一部分是国军的俘虏和投诚人员，大部分还都是关东子弟。

当小芬儿打长春经过的时候，宝财的部队早已经开始马不停蹄地向南走了。听说要离开老家入关，军心动摇了。每走一天就像打了一次战役，人数在不断地大量地减少。这个时候宝财已经是代理营长了，虽然打仗不怕死，但他也怕离家。一入关就再也难见到亲人了，就是被打死，也只能做一个在外地游荡的孤魂。在犹豫中宝财终于瞧准机会脱离队伍，花钱买上一套百姓的衣服悄悄溜回老家。听说小芬儿回了娘家，就又马不停蹄地找了过来。

看到眼前的情景，宝财马上明白是怎么一回事儿了。他站在那里一动不动，一会儿看看昏死的小芬儿，一会儿又看看她怀中的孩子，眼睛里充满了惊讶、绝望和仇恨。

看到这阵势，丈母娘马上过来拉宝财坐下，非常坚定地说：姑爷啊，你知道了也好。这错儿全在我家小芬儿，你就看着办吧。不管你咋样做，小芬儿和我们娘家不但不会恨你，还要感激你。是休是留你就给句痛快话吧。

宝财脸色铁青，依然是一声不吭。他推开房门走到了屋外。趁着这个工夫，妈妈急忙从水缸里勺瓢凉水，喝一口含在嘴里，照准小芬儿的脸噗噗地喷了几下。小芬儿在冷水的刺激下终于醒了过来，睁开眼睛就四处寻摸宝财。

妈妈抱起外孙女，对着小芬儿说：姑娘啊别找了，宝财没走，他上外面想事儿去了，咱们娘三个只有等的份儿，姑爷咋说就咋是吧，谁让咱做了打姑爷脸的砢碜事儿了呢。小芬儿不说话，无力地望着妈妈，脸上没有一点儿能够看出她态度和想法的表情。这种等待虽然不长，但两个人都觉得比等了一年还难熬。

宝财回来了。他轻轻地推开屋门的举动就让妈妈松了一口气。

宝财冲着岳母说：妈，我想好了，也不能全怪小芬儿。过去的事儿就让它过去吧，我们从今往后算从头开始。但今儿个你老在，我得要小芬儿一句话，以后再有过格的事儿我可不饶她。

妈妈高兴得一个劲儿地摩挲宝财的后背：姑爷你放心，小芬儿再不听你的话，你告诉我，我把她砸碎了垫驴圈。她转向小芬儿：死丫头，快和你男人表个态呀！

小芬儿早就泪流满面了。她无法说出话来，而是反手伸向宝财，想替他掸去袖口上的灰。宝财使劲一甩手，拒绝了她亲近的表示。

宝财接着说，妈，小芬儿这样，回去了也没脸见人，我又是逃兵，回去要被抓走。我们就不回老家了，我要带小芬儿去一个新地方。到了再写信告诉你老人家，我们这就走了。

说完这句话，宝财抱上炕上的孩子，牵着还没出月子的小芬儿上路了。

宝财逃离部队之后，并没有马上回家，一来怕部队上通知当地抓他，二来也想找一个安全的地方立足。于是他便走进了长白山的深山老林里，到一个叫长沟的小屯去。他以前的警卫员小强子家住这里，去年小强子因为腿被打断复员回了老家。

小强子见原来的首长来到自己家，赶紧在穷得只有土的炕上摆上了烧酒。听了宝财的想法，他一口应承：营长你来管保行。这山沟里消停，我说你是外地的亲戚来逃难，不会有人问。

听了这样的保证，宝财心里有底儿了，他临走的时候告诉小强子给自己找间房，过一段日子就把家搬来。

宝财抱着孩子，带着小芬儿，直奔长沟屯来了。

小强子找到的是别人家搬走之后废弃的小土屋。虽然破旧不堪，但经过他几天的收拾，还算能够遮风挡雨。于是三口人便在这里安了家。

小芬儿在收拾宝财的背包时，在里面找到一张照片：宝财一身军装，扎着武装带，别着匣子枪。越看越喜欢，她在心里想，跟着这样的男人，做牛做马也值了。

没事儿的时候，宝财也有两次问孩子的父亲是谁。每到这个时候，小芬儿只是哭泣，并不回答。宝财从此也就不再追问了：知道了又能怎么样呢？大概心里会更不好受。反正以后也无缘相见，就忘掉吧。

宝财没让小芬儿往娘家写信，自己也从来没有和父母联系。从此这一家人便在所有亲人的心目中消失了。虽然每到年节都会想起他们，但没有一丝的消息，也就无处寻找了。

宝财有力气，小芬儿不怕苦。没几年，不但有了自己像样的房子，而且家境也逐渐变得殷实和富足。小芬儿很给自己长脸，她一口气儿给宝财生了三个儿子，一家六口过得祥和幸福。宝财开始时固有的反感慢慢地被女儿的乖巧所化解。到了上学的年龄，宝财不但在进城的时候给她买了书包和本子，还给她起了学名叫淑娟。

长沟屯就是建在又深又长、被南北两座山峰紧紧夹住的山沟里。早晨太阳从山顶露出头儿来，之后便沿着南山一溜向西走，最后也是从山顶上一点点儿地落下去。要外出办事，只能用腿走出十几里的大沟，才能有像样儿的道路。所以这里年把儿的也难得见到一个陌生的面孔。

突然有一天，长沟屯热闹起来了。

五

政府决定修一条通向长白山天池的公路，这条公路正好从长沟屯的中间穿过。

先是几个知识分子模样的人到村里量来量去，紧接着就是大批的民工赶着大车小车住了进来，从来少见生人的孩子们兴奋得到处乱窜，就是不愿意回家。

一天晚上，宝财在地里忙到天黑才进家门。

一进门，他就觉得不对劲儿。家里冷冷清清没开火，小芬儿一个人呆呆地坐在炕沿上，脸色格外难看。在宝财的追问下，小芬儿才低声告诉他，咱们村的民工也来修路了。

听了这话，宝财的脸也登时变得惨白了。他有一种不祥的预感：淑娟的爸爸也来了。他不动声色地说：来就来吧，碰见了再说。快拾掇点儿饭，我快饿死了。

扒拉完晚饭，刚想倒在炕上歇会儿，门响了。

宝财直起身子一看，是赵村长。

“赵村长来了，快里面坐吧。”宝财把饭桌向炕里拽了拽。十几年没见，赵村长明显苍老了。

等村长坐定，小芬儿就悄悄地把孩子们送到邻居家，自己折回来静静地站在窗外听声。她不希望孩子们听到不该听到的，也怕自己处于尴尬的核心，甚至是两个男人矛盾爆发的导火索。同时她又急切地想知道赵村长到底来谈什么，会不会关乎她和淑娟的命运。

“宝财啊，我今儿个来，是想和你唠唠姑娘的事儿。”赵村长开门见山。

“什么姑娘的事儿？”宝财是在明知故问。小芬儿一溜号，再加上赵村长一开口，他就知道自己的预感得到了证实，他的心也跟着颤抖起来。

“小芬儿没跟你说？你家淑娟……”

“别说了！”宝财一声怒吼，把赵村长吓得差点儿从炕沿上掉下来，窗外的小芬儿也浑身一颤。

宝财停顿了一会儿，语气也变得缓和了：“赵村长啊，按辈分还该叫你三舅呢。我当兵走了不假，你和小芬儿做的事儿难道光彩吗？我这几年带着全家隐姓埋名，是保护我们全家，同时也是保护你，你不明白吗？再者说了，这件事儿只有我找你算账的份儿，今儿个你竟然找上我了。我问你是看我宝财好欺负还是你老糊涂了？”

宝财直直地瞪着村长，一口气把这硬邦邦的话撂了出来。

“宝财啊，不是我不要脸，也不是我老糊涂了。你离开咱村十多年了不知道啊，我家出大事儿了。大概是我造孽太多了，六年前我家全家都得了痢疾，俩孩子身板弱，都没挺过来。我们老两口一天天老了，没有个人照顾就得上街要饭了。姑娘怎么说也是我的亲骨肉。我打听了，你家孩子又多，就让姑娘跟我吧。为了大家面子上过得去，咱们真戏假做，就说我是在外面拣来的。宝财啊，就算是你和小芬可怜我和老伴这两个老轱辘棒子吧。”

没等说完，赵村长咕咚一声跪在地上，不停地给宝财磕头。

正当宝财不知道该怎么办的时候，小芬儿急速地冲了进来，像发疯了一样照着赵村长的脸上不停地抓去。很快，村长的脸上脖子上出现了一条条血印子。

“不要脸的老混蛋，你马上给我滚出去！你坑了我还不算完，还要再坑我的姑娘吗？姑娘是宝财的，不是你的，你别做梦了，快滚出去，别再让我家人看到你！”

看到小芬儿发疯，宝财心里很舒坦。他明白小芬儿这是在用行动表明她珍视宝财，更想不顾一切地保护这个家。于是他跳下炕和媳妇一起连推带踢地把赵村长赶到了门外。看着赵村长趺趺撞撞地走远了，小芬儿赶紧把孩子接了回来。

宝财和小芬儿谁也没说话，全家人在沉闷中睡下了。

躺在炕上的小芬儿翻来覆去睡不着，除了脑袋里想着村长来到家里之后造成的灾难，还有一个强烈的预感，觉得这事儿还没完，还有什么大事儿要发生。而她又想象不出到底会发生什么样的事儿，只能在宝财和孩子大小不一的呼噜声里睁大眼睛望房顶，直到天快亮的时候才迷糊过去。

朦胧中感觉到屋地起了一阵风，小芬儿仰头一看不得了：一个黑影手持菜刀，正朝睡在炕头的宝财举起来。小芬儿一眼便认出是赵村长。她哎呀一声，来不及起身，两脚一蹬便去抓那个人的手。村长左手拽住小芬儿的头发，使足了劲儿把她整个人从炕上捞到了地下，右手的菜刀狠命地向宝财的头部砍了下去。

孩子们被惊醒了。小淑娟不知道害怕地冲上去，抱住黑影的胳膊就用牙咬。明显咬疼了，赵村长回手也砍了淑娟一刀。

眼看三个人都不动了，凶手返身跑了出去。

顾不上也没有能力捉凶手，小芬儿起身去看看淑娟，肩上在流血。再看宝财，不得了了：别的伤还好，要命的是脖子被刀砍了一条大口子，随着宝财的呼吸，刀伤处不停地向外冒气泡儿。

小芬儿前所未见地麻利起来，她一边让淑娟自个儿用衣服包扎伤口，一面找出针线盒，迅速地穿上针，在血泊中给宝财缝合脖子上的伤口。她的想法只有一个：只要伤口不漏气，宝财就有救。

天亮的时候，伤口缝好了，大车也叫来了。邻居们和小芬儿一起把宝财和淑娟抬上车，向镇上的医院奔去。

刚出村，只见一个人横卧路边的血泊里。车走近时，小芬儿看清是赵村长。大概他认为自己杀死了宝财，自己便跑到村外横刀自尽了。

一路上小芬儿一直握住宝财的手，嘴里不停地说着话。泪水不断地从她的脸上滑落到宝财的脸上。

正是地里的庄稼和山野的果实成熟的季节，秋叶在秋风的轻拂下不停地摆动。

也同样在微风的吹拂下，宝财终于微微睁开双眼。他望着小芬儿，含混不清的声音从干裂的嘴唇中迸了出来：别害怕，等我好了，咱们好好过日子！

大车渐行渐远，只留下秋叶不绝于耳的沙沙声。

小　哑　巴

乡里的人有一个自古传下来的说法，那就是如果上一代太聪明，就占用了下一代人的智慧，所以后代中容易出现呆傻疯茶等现象。他们还举出多位开国皇帝的后代多是庸人昏君来印证自己的理论。而在现实生活中，也常常有真实的例证。

小哑巴姓王，是大队王书记的独生子。

王书记是远近闻名的人精，办事圆滑老到。当了三十年的大队书记，对上小心侍候，对下恩威并施，把三个村八个生产小队管理得规规矩矩、太太平平，多年来少有打架斗殴和不服从管理的现象。大队里的男女老少已经习惯了王书记管理下的生活。

但王书记有一块很严重的心病，就是老婆不争气。一口气生下六个孩子，清一色的丫头片子。不孝有三，无后为大。农村人都接受不了没有子嗣的残酷事实。而对王书记来说，生不出儿子来更有另一份不安。当官多年，难免和社员有磕碰。他家没儿子，得罪过的人就会背地里说是因为他做了损事儿遭的报应。耐不住失望压不住火，又不敢往老婆身上撒，只好在后来出生的几个姑娘的名字上用劲，什么带弟、满桌子、截住，全用上了。有效果。当四十老多的王书记感觉自己快不行了的时候，老婆终于生出个大胖小子。

欣喜若狂的王书记一改专门吃请的老习惯，在家里摆开了三天的大席，全村人只要掏个三块两块的礼钱，全家老少可劲造。

刚一出生，王书记就给儿子起了个革命的名字：卫东，是保卫毛泽东的意思。此后的日子里，不管在队部办公还是下地检查，小卫东不是骑在脖子上就是搂在怀里，王书记一门地憨笑。这其中不单有老来得子的兴奋，也在告诉所有的人：自己当官三十年没做损事儿，儿子就是道德上的证明。

在轻松愉快中过了一年多，又有一块大石头向王书记的心头压来：过了学语的年龄，但小卫东只是啊啊啊地喊，就是不会说话！

俗话说，十哑九聋。其实绝大多数的哑巴是能够发出声音的，只是由于丧失听力而无法模仿他人和矫正自己的发音，也就不能用语言来表达自己的想法。

看着小卫东不会说话，王书记一家便留意起了他的听力来。这一留心不得了，小卫东真的听不见声音。两口子抱着宝贝儿子去了县城去省城，离开省城上京城，一致的结论让他们的心凉得彻底了——先天性耳聋，不可治愈。

几起几落活到老。大家看到王书记抱儿子出门的时候少了，即使抱出来也少了晴天般的笑容。从此以后，村里人就把小卫东叫小哑巴，名字逐渐被遗忘了。

但这没有更多地影响到小哑巴的成长。同龄的伙伴上学了，他听不见教师讲课，便成天走东家串西家地疯玩。毕竟出生在有身份的家庭，小哑巴不讨人嫌。他不但从来不惹是生非，还特别地聪明，所以村里人都喜欢他到自家来玩耍。小卫东啊啊呜呜的声音常常伴着大家开心的笑声。

记得一年的春节，我们全家正围坐在屋里吃年夜饺子，只听得外屋走进一个人。但这人迟迟不进里屋，只见屋门新糊的窗纸上突然出现几个不同神态的小人儿的影子，一会儿向前跑，一会儿向后退；一会儿变小了，一会儿又变大了。推门一看，只见小哑巴一手举着灯笼，一手捏着小纸人，用灯光把人影照在门窗上，就形成了小电影的效果。这是连大人都难以学会的招式，他绝顶的聪明让大家又高兴又佩服。

长到十六七岁的时候，小哑巴开始学习编筐。由于心灵手巧，小哑巴编的筐不但结实耐用，而且常常会用上别人编不出来的新花样，让姑娘小媳妇们爱不释手。

打这时候开始，小哑巴每天晚上不停地在家编，白天便走村串户地卖。这不但让自己有了营生，也会常常挣些钱交给当家的爹爹。王书记看到哑巴儿子这么有正事儿，便一边让老婆给他买几件像样衣服穿上，一边便把剩余的钱存起来，打算给儿子慢慢物色个媳妇儿，好传宗接代。

出事儿了。

一天晚上，王书记刚回到家端起饭碗，只听外面传来一片吵闹声。放下碗出去一看，邻村几个壮劳力正要冲进来揍小哑巴。他赶忙和几个同村的小伙子把来人拦在屋外问缘由。原来是小哑巴惹祸上身了：白天他到邻村卖筐时，看见一个漂亮的小媳妇自己在家，便动了邪念，冲上前去要扒人家的裤子。这小媳妇也是个刚烈女子，抄起镰刀就冲小哑巴抡，吓得他屁滚尿流地跨过满地的大筐，一口气跑回家。王书记一面满脸堆笑地递小话赔不是，一面示意村里人把来的人劝走。其实邻村人也知道，在王书记地界里动手肯定占不到便宜，吓唬吓唬小哑巴，别让他再乱来也就行了。于是卖个顺水人情，嚷嚷几声也就走了。

王书记返身进屋，把吓得瘫在墙角的小哑巴拎过来就是一顿大嘴巴，之后又气得把小哑巴编好的筐通通拿过来用脚使劲地踹扁，一股脑塞进了灶坑。他恶狠狠地告诉哑巴儿子，以后再也不许他离开村子。

人民公社时代，每个生产大队都开有一所不大的兽医站。一是为各小队的马牛驴骡治病，二是为社员家的鸡鸭鹅狗打预防针。兽医站收上的钱上交大队，再由大队出钱买药和器械，兽医也像社员一样挣工分。

眼看老兽医已经老得摆弄不了大牲畜了，王书记就盘算着让小哑巴跟他学徒。一来让大队的兽医站后继有人，二来也让没下过地的儿子在自己的眼皮底下学个一技之长，免得再出去惹事儿。

自己大队的事儿好办，和大队会计打声招呼，第二天小哑巴就穿上白大褂，跟在老兽医的屁股后面转来转去了。

这小哑巴真是天生的聪明。虽然不能听也不会问，只是老兽医干他跟着看，但没几天，打针防疫就样样精通了。这下好了，老兽医只管在屋里喝小酒儿，治病收钱的事儿全都由小哑巴代劳了。如果赶上有劁猪骟马的，小哑巴还能把切下来的东西洗干净，给老人家上一道硬菜。

一年下来，社员们又开始喜欢上了小哑巴，不但人缘好，技术高，而且态度也比老兽医好，几俊遮一丑，调戏小媳妇儿的事儿也就没人再提起来了。

太过聪明的人无论做什么，都在做得非常出色之后依然有剩余的精神头，也就难免想点儿或做点儿工作以外的事情，否则就会显得闲劲难耐。而这小哑巴毕竟不是正常人，虽然很容易了解大人们的做法，却不容易拿捏好常人的想法，所以做出些与众不同的事儿也就难免了。

有一天小哑巴正在外面忙活的时候，看见刘会计进屋去找老兽医了。他的眼睛不停地转来转去，显现出了慌张的神情。自从小哑巴来后，老兽医当上了甩手掌柜，钱都由小哑巴收下之后转给他，再由他做账交给刘会计。

老兽医觉得这一切都正常，但细心的刘会计却发现了门道。他仔细一翻旧账，发现自从小哑巴来工作之后，兽医站的收入逐渐减少，而且进的药和卖出的数量也总是对不上。

别人知道了还没事儿，冲着王书记谁也不能说什么，但刘会计不同。刘家在全大队是大家族，而刘会计早就惦记着把老王拉下来取而代之。如果小哑巴偷着拿集体的钱这事儿属实，王书记就快倒了。

老兽医听刘会计一说，再细看看账本，也看出了问题。为了保持晚节，不把屎盆子扣在自己头上，他和刘会计把在外面神不守舍地忙活着的小哑巴叫了进来。刚开始小哑巴还百般地抵赖，但看着刘会计和老兽医没完没了的样子，他服软了，承认自己偶尔私吞了社员给小家畜看病的钱。刘会计怕不拿到赃款被王书记知道后会翻案，就逼问钱藏在什么地方。小哑巴无可奈何地带着刘会计和老兽医回到自己家。王家的房西头盖有一个很大的鸡架，上面用油毡纸挡雨。小哑巴把油毡纸上的砖头挪开，再掀起油毡纸，下面露出压得很平的布包。刘会计接过来一数，从五元到一分，刚好一百六十块钱。

刘会计包好钱，斜一眼小哑巴，径直到大队部找王书记去了。

王书记还没知道呢，全大队已经传开了。

在羞愤交加地听完刘会计的话，王书记恨不得一步奔到家。自从小哑巴生下来之后，他经历了太多的心跳，每次都是让他先热得像火，之后又突然冷得像冰，这个要账鬼怎么这么不省心呢?

省心了。

在刘会计和老兽医走了之后，家里只剩下小哑巴自个儿了。大概他怕了爹爹的拳头，大概他怕了社员不正眼看他时候的眼神。估计是经过一番犹豫与斗争之后，小哑巴决定不再见到任何人。他整根绳子挂在房梁上，把自己的脖子伸了进去。爹爹进来的时候，他的舌头已经吐了出来。

王书记冲了过去，想抱住儿子，或者还像小时候一样让儿子骑在自己的脖梗上。但是在什么也没来得及做的时候，他跌倒了，接着就不省人事儿了。

小哑巴葬了。

王书记疯了。

他常常旁若无人地呆坐着，一会儿喋喋不休地说着，一会儿又没缘由地笑着，给饭就吃，不给也不知道要。书记的位置自然归了刘会计。

一天清早，家里人突然发现王书记不见了。从此往后，家人通过各种办法几乎翻遍了北到黑龙江南到辽宁的各个角落，可王书记就像从人间蒸发了一样再也没了踪影。

一晃三十年，大队已经变成了村，书记和哑巴儿子已经没有人记起了，包括他的家人。

小哑巴有常人的七情六欲，也有超人的聪明，却不具备与常人们正常交往的能力。所以就像“文革”时期偶尔到农村去的电影队，匆匆地来了，又急急地走了。

走了也好，谁有心思去理解一个不会说话的心灵呢?

生活的滋味

一

在贫穷的地方，女人和金钱一样是稀缺的资源。

男人命运的改变靠的是勤劳的双手和智慧的头脑，而在生产队的时候，这两种宝贝都失去了功效，只能受穷。所以农村的女人只要有机会，就会千方百计离开这个兔子不拉屎的地方。于是每个村里的光棍都像身上的虱子一样多得数不过来。如果谁的老婆早死了，下半辈儿也只好自己拉扯孩子了。续弦不是谁都能办到的。

在这样的情况下，女人改变命运的办法，唯一的就是婚姻了。所以只要有一点儿办法和条件，也要找一个吃供应粮的丈夫，其他条件差点儿都没关系，因为吃饱饭是当务之急。

供销社老戴是幸运的。

抗美援朝的时候，他腿骨受了伤，走起路来是右脚拖着左脚走。但这一点儿也不影响他找老婆，因为转业之后政府给他安排在大队的供销社当售货员，每个月有四十多块钱的工资，吃的是供应粮。这在农村是巨大的诱惑，足以弥补腿脚的毛病。于是工作两年，老戴娶了村里的姑娘结婚生子，日子过得让农村人羡慕不已。

天有不测风云。儿子刚一岁的时候，老婆突然肚子疼得直打滚儿。还没等送到公社医院，人就不行了。过了两年有人知疼知暖的舒服日子，老戴又成光棍了，而且还要养活一岁的孩子，这日子没法儿过。

毕竟吃供应粮，再找一个不愁，但标准要降低。选来选去，一个带着两个已经上中学的儿子的寡妇进了家门。

这个寡妇干起活来既麻利又干净，一进门就把家操持得井井有条，而且对老戴的儿子也还说得过去。有老戴的工资，再加上老婆和带来的孩子开点小片地，日子过得还是比农民家庭富足得多。老戴每天上班下班，回家就是享受，真是神仙一般的日子。

眼看着寡妇带来的大儿子小文高中毕业了，老戴也要做出样子来给老婆看。他找到公社，要求组织上照顾他这个残废的革命军人。当时走后门并不严重，对为革命做出贡献和牺牲的同志还是很人性化的。没费多大劲儿，小文就被安排在公社信用社上班了。但算是临时工，要等机会才转正。

又是一代人的婚姻大事。

毕竟是寄住在继父的家里，既然工作安定了，也就该谈婚论嫁了。因为在公社上班，小文选择对象的范围扩大了。又因为有工作，介绍对象的人多得拿鞭子也赶不过来。经过要花眼了的挑选，最后他相中了别的大队的一位姑娘。

当小文把对象领到家里之后，妈妈和继父马上相中了。

只见这个叫小云的姑娘眼睛大得出奇，鼻子尖尖地向上翘起，小嘴巴红得像熟透了的樱桃，自来卷儿的头发乌黑浓密。小云说起话来总是带着甜甜的笑容，无论男女老少都喜欢多看几眼。不光是父母高兴，就连四旁邻居都说这丫头美得像天仙一样。

婆家这关算过了。而小云家也是全家务农，有个上班的姑爷，爹妈高兴得无话可说，更是希望早点儿成婚了。于是老戴家买好缝纫机、自行车、收音机，再做四铺四盖的婚被——万事俱备了。

结婚那天全村轰动。老戴家家底厚，菜做得硬；公社干部也来参加婚礼，贼有面子；更主要的是新娘子美得像天仙，谁都想开开眼。酒席一拨儿接一拨儿，从一大早一直摆到日落西山。接着是入洞房和闹洞房。

在家折腾了一天，又过了新婚之夜，老戴在小队求辆大车，装上行李和几大件，把小两口送到公社借用的新房。

一个人人羡慕的小家庭诞生了。

二

自从搬到公社，小云就安心地做起了家庭主妇。

早晨做了饭，再照顾小文吃过之后上班去。在家的小云顶多洗洗衣服，擦擦炕席和地柜。家里有个不大的小园子，也都是小文侍弄，从来不让她伸手。一直到晚上小文下班，再做晚饭。没事儿的时候想想，好像每天都在歇气儿，而再也没有累得直不起腰来的活计了。每个月发工资，不抽烟也不喝酒的小文一分不差地交给小云。只要不饿着没冻着，从来不问钱的数量和去向。没出三个月，小云手上和脚底的老茧褪没了，脸上晒出的红色也转成了粉白，一个风风火火的农村姑娘立马脱胎成了四体不勤的闺中少妇。

然而随着时间的流逝，小云的心里却有点儿像一直没有开锄的庄稼地一样——长草了。

在农村的时候，虽然农活重，但一到了歇气儿和下班的时候，一大群姑娘小伙儿在一起有说有笑，到家了也可以东家西家串门，虽然生活上清苦，但精神上放松，想说啥想做啥都随便儿。到公社可不行了，和邻居谁也不认识，偶尔有个交往也不敢多说话，怕人家笑话自己是农村人。

更可气的是，小文不愿意和她说话。小文从小死了爹爹，后来随妈妈改嫁，继父再好也是外人。所以他从小就养成了内向性格，和谁都话少。每天回家吃过饭，宁可自己躺在炕上望棚顶也不愿和小云搭腔。所以这一天天把小云憋得尿尿直发黄。

回娘家的时候，小云把自己的苦处向妈妈叨咕，想借机会痛快痛快嘴儿。可老妈一听就火了：云儿呀，你这真是吃饱撑出来的毛病啊。让你再铲两天大长垄就啥事没有了，典型的肉皮子发紧啊！没事儿别胡思乱想了，和小文商量商量抓紧要个孩子吧，有了孩子你就啥也顾不上寻思了。

小云一想可也对呀，有了孩子之后不就有事儿做了吗？无聊的时候可以和孩子说会儿话啊，不用再搭理不愿意理人的死鬼了。

晚上回到小家，小云把妈妈催着要孩子的话对小文讲了。小文慢吞吞地说，我早就琢磨这事儿呢，咱俩结婚小半年了，咋没动静呢。

小云心里暗想，这个混蛋嘴上不说，心里比我还有数呢。于是她问小文，那怎么办呀，等你家再催就麻烦了。小文想想说，不行赶个礼拜天咱俩上县医院看看吧。小云说行。

在医院里折腾大半天，医生告诉小两口，不怀孕的原因是小云的输卵管堵塞了，治疗的办法是要给她动手术。

小云一听做手术，就死活不同意。虽然生长在农村，但打小的时候起一见到血小云就会晕过去，就别说动手术了。小文想了想说，那咱们就到公社卫生所王中医那儿去看看吧，也许有别的办法。小云马上同意，只要不手术，啥罪她都不怕遭。

怕外人听说这事儿不好，当天返回公社，两口子便悄悄溜进卫生所的中医室。

一听说中医，小云就想像一个戴着厚眼镜，头发花白的老人。进了中医室一看，一个和小文年纪相仿的年轻男子，穿着干净的白大褂，显得格外精神和有城府。后来听小文说，王中医原来只是农村的小青年，只是喜欢琢磨中药，不知怎么就慢慢出名了，成了赤脚医生，接着就调进了卫生所。

王中医看了县医院的诊断，又让小云坐下号了脉。

看过脉象，王中医站起来在屋地上来回走了两圈，嘴里叨咕着，手指比划着，然后突然坐回来脸儿冲送着小文说：吃半拉月的药，再配上按摩，保你媳妇开怀！

三

从第二天起，小文吃过早饭去上班，王中医就到他家来上班。

小文在卫生所的时候问王中医能治好小云的病的原理是什么，王中医说用中药是增加输卵管所需要的营养物质，按摩是疏通经脉，双管齐下效果奇好，一般中医都没有他治得快速和彻底。小两口听着都觉得是这个理儿。

小文和小云搬来公社没多长时间不知道，这王中医是个有名的采花大盗，他们做出的是引狼入室的决定。

王中医没上几天学，又不愿意下地干农活，就在家里琢磨起中医来。和打针吃药的西医相比，中医常常用蒿子草也能治病，即使买些当地不产的几味药，也花不了几个钱。这对一年到头见不着啥钱的社员来说是最划算的。所以虽然农村贫瘠，但对中医药来说，却是一个很大的潜在市场。

十里八村没有老中医可以学习，“文化大革命”期间又寻摸不到专业的书籍，王中医的医术当然也难有长进。突然有一年，王中医莫名其妙地失踪了，连父母也不知道他的去向。半年后回家，逢人便说自己去南方拜了名师，医术大长，从此开始像模像样地治起病来。几个腰酸背痛的老人吃了他的几服药，疼痛真的减轻了。这几位老人也就成了王中医的活广告，他在周边开始有了名气。

其实王中医出去闯荡了半年多，名师没有拜到，反而学到了很能骗人的歪门邪道。他的秘密是买回了不少的罂粟壳和罂粟籽儿。这罂粟壳回来直接入药，罂粟籽儿悄悄地种在自家园子里隐蔽的地方。罂粟有着很强的镇痛和兴奋作用，所以加了它的中药一经服用马上使人变得神清气爽，大部分的病情被掩盖了。正是这样的奇效成就了王中医的名声，再经过住在公社的表弟二胖子的牵线搭桥，由一个小队的医生逐渐被请到了公社的卫生所。

王中医还没成名的时候，由于给大伙儿留下了不务正业的印象，所以好姑娘不愿意嫁他。眼看年纪一天天大起来，只好娶了邻居家陈三儿。这陈三儿倒是挺水灵，只是小时候得过小儿麻痹，走路需要拄拐。

有点儿姿色的姑娘小媳妇来看病，王中医就鼓动他那如簧的巧舌，再加上按摩推拿这些肌肤上的接触，勾引对方就范。就是用这种办法，他骗取了很多妇女失身于他。陈三儿看在眼里，气在心里，在规劝无效的情况下只好离婚腾地方。到公社卫生所的时候，王中医已经是光棍一条了，正在四处寻找合适的对象。如花似玉的小云让他一见倾心，让他明知没有能力治好她的病也要抓住这次接近的机会。

王中医到了小文家之后，小云便架火把他拿来的中药煮上。上炕平躺在炕沿上，王中医站在炕前开始给她按摩，按摩的部位是小腹。

农村的封建意识是很浓的，别说异性摸到自己，有时候就是多看一眼也像受辱一般地让女人难以忍受。但为了治疗这关乎后代的顽症，小云只好忍受。她紧紧地闭上眼睛，仿佛在说服自己王中医并不是给她按摩。王中医也特别明白小云的心事儿。他开始按的时候劲道很大，这样就可以让小云因为疼痛而忘记了羞涩，减轻她的负罪感。这一招果然有效，不大的工夫，小云就疼得满头大汗，精神上放松了不少。

四

晚上下班回来，小文看着窗台上的药罐子，急忙进屋问小云效果怎么样。小云白了他一眼说，刚吃一天你说能怎么样？那按摩啥感觉？小文又紧忙跟了一句。小云边端饭边说，没什么感觉，就是有点儿疼。

吃过饭躺在炕上，平时没话的小文发起了洋贱，搂着小云说：老婆啊，让别人摸我的老婆，我这心里咋七上八下的呢？小云推开丈夫的手：一边去吧，你老婆就那么不值钱啊，明儿个干脆不治了，孩子也别要了。小文把手又放回去：别介呀，我只是说一说解解心疑，咱该咋治还咋治啊。

第二天早上王中医来小云家的路上遇见了表弟二胖子。二胖子听说表哥去给小云看病，就开玩笑地对他说，小云可是全公社出名的美人，表哥你可不要癞蛤蟆想吃天鹅肉，打人家的歪主意啊。

这话反倒激起了王中医的斗志：连表弟那个熊样都知道小云赛天仙儿，自己更应该紧紧抓住这次接近的机会。

在给小云按摩的时候，王中医不停地和她聊天。他告诉小云，小文的工作虽然很好，但还算是临时工。现在粉碎“四人帮”，掌权的邓小平最重视农业的发展，看形势很可能像六十年代那样，有一大批临时和固定的工人下放到农村去。如果真有这么一天，你就要和小文一起回家务农了。

听了这话小云心里一惊。

生下来就面对玉米饼子，饿了的时候觉得特别香；但吃惯大米饭之后再用粗粮充饥，感觉比咽药还难。虽然觉得现在的日子清汤寡水儿，但真再回去过那种每天累得半死、穿着破衣烂衫的日子，对小云来说绝对是不能接受的。所以虽然王中医按的是小肚子，可小云这时候却觉得后背一阵阵发凉。

她装做不在乎地问王中医，那你这样的人是不是也要回农村呢。王中医说那肯定不能。人吃五谷杂粮，没有不生病的。即使不在卫生所了，现在的政策也开始允许个人开诊所了。到那时候我可能会挣得更多，日子过得就好了。他告诉小云，刚才路上遇见表弟二胖子了。二胖子原来没活干，家里穷得叮当响。上个月开始从县里上货在路边卖哔叽裤，卖一条就赚七块钱，一个月怎么也挣二百多，家里马上就宽绰起来了。如果自个儿开起诊所，我挣的每分钱都是自己的，每月的收入一定比表弟要高出不知道多少倍。

一个小时的按摩，就好像是按在别人的身上。小云既没有昨天的羞涩，也没觉得疼痛。看在眼里的王中医也不再多说什么，按摩结束之后照顾小云喝下苦药汤，一会儿没停地告辞回家了。

晚上下班，小云把王中医的话说了。小文说自个儿没听说这个事儿呀，明天打听打听。听丈夫这么说，小云心里更加没底儿了，仿佛下放回家的事儿是准的了。

这天晚上小云失眠了。

五

昨天临走的时候王中医告诉小云，他上午有事儿，下午来按摩。趁这个工夫，小云等小文上班之后出门上街了。

到了公社，由于没啥熟人，小云基本是大门不出，二门不进，已经很长时间没有看见外面的样子了。

变化真是大。

大喇叭里不再喊政治口号，而是放上了郭颂的《新货郎》；原来只在供销社里卖的衣服碗筷、塑料粉条等等的用品全在马路边上摆一溜儿，虽然暴土扬天的，但东西比屋里的全乎，卖主的态度也不像小文他爸那样爱买不买的严肃。

捋着路边市场的一头，小云有一搭没一搭地点起货来。走着走着，有人和他打招呼："小云来啦，要买点儿啥呀？"小云把眼神从物品上移过来："你是谁呀，我怎么不认识你呢？""你一提二胖子大伙都知道，我是王中医的表弟。他不是给你按摩吗，你怎么出来了？"小云说："王中医上午有事儿，下午给我按。我听他昨天提你了，说你一个月挣好几百呢。""对，我刚才看见他坐车上县里了，去办执照，也要自己干个体了。他以后挣的钱啊，肯定比我多多了。"

拎着新买的搓衣板往回走，刚到家门口就看见老戴在等她。公公告诉她，听说明年队里要包产到户了，因为他俩都是农村户口，让小两口商量这地要还是不要。说完事儿老戴就一瘸一拐地到公社供销社进货去了。

进屋之后小云一头栽到炕上。

两天来听到的和看到的，让她觉得心神不宁。别人怎么样不关自己的事儿，可眼下小文真要是回农村种地，那么就又要像以前一样顶着星星下地，披着月亮回家了。自己挨大累不算，娘家人看自个儿挑来挑去落到最后又挑个农民，还不笑掉大牙啊。

越想心里越没缝儿，直到王中医匆忙地推门进屋，小云才急忙坐起身。

王中医一边向罐里放药，一边高兴地告诉小云，他的行医执照办妥了，过几天就可以租房开张了。他还对小云说，如果开张，就缺一个帮忙拿药收钱的护士，反正小云也不上班，就上诊所去干吧。

小云心不在焉地答应着，把药罐架火煮上之后便躺下开始按摩。

王中医这一天出手比前两天轻得多。小云忘了吃午饭，这样的力道正舒服，她在享受之中心态平和了，慢慢有了睡意。朦胧中，小云感觉王中医的手离开了原来的部位，由小腹向上半身延伸。她羞涩地抬起自己的手推了一下王中医的手。再过一会儿，那只手又向上游走。小云感觉自己晕晕乎乎，已经没有抬手的力气，只好任由那只手在燥热的皮肤上自由运动。仿佛是得到了默许，仿佛是得到了鼓励，王中医俯下身来，开始用嘴在小云的胸前狂吻。

任何事情都有它的两面。这女人长得漂亮，是一种先天的优势。就像小云，长得漂亮成了她逃离农村的资本。但漂亮女人因为受到众多人的宠爱而变得虚荣浮躁，所以她们的耐受力要大打折扣。而内向柔弱的小文根本没有能力化解小云的浮躁，而小云又觉得自己仅存的虚荣也将消逝，所以一切变得自然而及时。

在王中医热烈的拥吻中，小云用双手搂住他的头。虚弱的心理防线在遭遇到了精心筹划的密集攻势中瞬间垮塌。

六

王中医的诊所开在公社供销社的旁边，算是闹市。小云身穿白大褂，里里外外地忙活着。

当最后一天的按摩结束之后，小文舒了一口长气，因为每按一天他心里就觉得堵一天。而听小云说要去王中医的诊所当护士，就像当头挨了一闷棍。虽然死活不同意，但他已经没有能力阻止了。小云和他大吵一架，索性把衣服收拾回娘家，每天骑十里地的自行车到诊所上班。

有这样水灵的小媳妇在前后照应着，无论男女老少都觉得心里舒坦，病情登时轻了不少；再加上王中医刚开张，为拉患者在收费上要比在卫生所的时候便宜一些。所以小诊所生意不断，每天的进项让两个人都很高兴，王中医每个月给小云开二百。闲来没事儿，王中医就和小云想象二人结婚之后怎么扩大诊所，买什么样的房子，乐得小云没事儿的时候就琢磨住上了楼房之后的美好感觉。

心被掏走，人是留不住了。

虽然妈妈没少骂，但小云就是徐庶进曹营，一言不发。小文一上娘家找她，也只能在后背听到冷冰冰的两个字：离婚。

这还不算完，小云的妈妈觉得姑娘离婚是没脸见人的丢人事儿，所以要尽全力阻止。她发动了自家和戴家所有能说上话的人，连哄带劝，希望女儿回心转意。小文看这些努力都白搭之后，在丈母娘面前痛哭一场，同意给小云出手续了。

屋漏偏逢连夜雨。离婚没几天，小文和其他几个临时工就被水利所辞退了。

工作没了是国家政策的原因，老婆混丢了可是个人的造化，小文没脸见到任何一个熟悉的人，也就不想回家种地。思来想去，也听了同事朋友的意见，他决定去推销大理石。

公社的东山上盛产大理石。靠山吃山，多少年来一直有一大批石匠把石头挖出来，再加工成石磨、石碑、台阶来卖给农户。由于活儿不多，石匠们忙活一年也只能养家糊口。近些年国家修公路、城市建楼房，都大量需要里程碑、路肩石、地面石和大理石楼面。这些需求给石匠们带来了挣大钱的希望。可是酒香也怕巷子深，有原料有力气却不好找销路，只会出力气的石匠们眼看着碗边的肉吃不着，急得直搓脚心。

其实在农村人看来，搞推销是饥一顿饱一顿的活儿，远不如种地养猪来得牢靠，只有游手好闲、不务正业的人才会打这个主意。石匠们加工的石材不好卖，主要原因就是没有人愿意干这个既有风险又要被人指指点点的事。小文正是看准了这个火候，想找到销路，再收购石匠的石材卖给客户，通过一买一卖的差价来赚钱。

开弓没有回头箭。想好之后，小文就把牙具和换洗的衣服，还有石匠给他的大理石石材的照片塞到背包里，揣上最后一个月的工资便开始进驻了县城。

找个旅店住下来，小文每天专找有塔吊的地方去——那里的建筑工地一定需要大理石。几天下来，小文基本跑遍了不大的县城的所有开工的工地，但他越跑越灰心了：见到的负责人不是说已经买了大理石了，就说小文公社的大理石质量不好，需要从外地购买。眼见揣的钱已经盖不住兜底儿了，小文赶紧退了旅店回家了。

下了大客车往家走，在市场上遇见了卖服装的二胖子。听了小文说推销不成的事之后，二胖子冷笑着说：像你这样的木头脑袋咋还能搞推销呢？小文脸色通红地说：你这是怎怎怎么说话呢？二胖子说：你别生气，我是说你想推销，就得给管事儿的人上炮，现在已经是无利不起早的年头喽！

小文边往家走边琢磨着二胖子的话，想着想着一拍大腿：对呀，昨天那个科长说不认识我，所以不能和我做买卖，送点儿东西不就认识了吗?

明儿个试试!

七

办完离婚手续之后，小云没有到诊所去上班。因为她觉得自己一阵阵恶心，总是想蹲下来吐一会儿。她不愿意让看病的人和王中医看见自己这个样子，也想收拾一下自己的东西，就骑车回娘家了。

到家之后妈妈告诉小云可能是怀孕了。听了这话小云先是一愣，接着就是心中的狂喜。第一喜的是自己不孕的毛病让王中医治好了，二喜的是算算日子这孩子是王中医的。

忘记了身体的不自在，也不顾天已经黑透了，小云骑车又往公社走。

很多人心里有事儿就忍不住地要与他人分享，所以才有了专门关心他人隐私、专门传闲话的事儿妈。小云有了两件喜事儿，怎么能没有人知道呢？而最应该知道的就是王中医。她想让王中医第一时间知道这两件喜事儿，也想第一时间知道王中医对以后的打算。

这个点儿诊所早该关门了，小云直接去了王中医的家。拽拽门不开，敲敲也没有动静，向窗户看看，窗帘拉着。平时不该拉窗帘啊，拉上就应该有人。小云又冲窗户喊了几声，还是没有应声。小云想大概还在诊所吧，就向院外走去。又是女人的第六感在作怪，走在路上的小云无意中回头望了一眼，猛然发现窗帘被撩起一点儿，有人正向外张望。不祥的预感驱使她急速转身回去，使劲地用脚踹门敲窗。过了一会儿，王中医才把房门打开，把小云拖进屋去。

小云疯了一样在各个角落里寻找，找过之后再向后窗望去，只见一个黑影正在翻越王家的木栅栏。她马上就要从后窗跳出去追，被王中医死死抱住。

知道没法看见对方是谁了，小云慢慢变得安静了。她挣开王中医的手，擦擦眼泪，直直地盯着他说：我这是烧香佛掉腚啊，小大夫我可算被你撂在空地儿上了！

说完这句话，小云便挣脱了王中医的阻拦，冲到了屋外，推起自行车走了出去。

走了一会儿，小云的心情平静了一些，鬼使神差，她走到了原来的家门口。看到熟悉的大门和不太明亮的灯光，小云先是一愣，接着便熟练地伸手打开铁丝挂着的院门，蹑手蹑脚地来到窗下。

小文正在吃饭。炕沿上摆着一碟酱和一碟咸菜，小文捧着饭碗坐在炕边的小凳上，正在漫不经心地向嘴里扒拉着。

看到这个情景，小云又流出了眼泪。她的心里觉得空落落的，剩下的是抓心挠肺般的疼痛。两个月里没有见到这个家，但她一点儿也没有怀念过。此时此刻她可怜小文，更可怜自己。平时不痛快了还能拿小文撒气，现在和谁说呢？恐怕再也没有这样的人了。

出了曾经的家门，小云想来想去去了诊所。没有办法回娘家了，先在这里对付一晚，明天再做打算吧。

小云刚把自行车支好，掏出钥匙准备开门，突然后面走过一个人来。小云扭头一看，是王中医的表弟二胖子。

八

二胖子说，小云啊，这都二半夜了，你咋还来诊所呢，白天上班没上够啊？

借着小云打开的灯光，二胖看见了小云脸上的泪珠儿，马上收住了笑容：这是咋地啦？是小文还是我哥欺负你了？

小云一屁股坐在沙发上，抽噎着说：我的命咋这么苦啊，你哥他不是人，吃着碗里的还看着锅里的，以后我可怎么办啊。

二胖子推门向外看了看，坐下来说：小云啊，我一看你和我表哥好上了，就知道你不省心的日子开始了。我表哥是有名的花心大萝卜，这本性是难改的。看你人很好，也很实在，我就不当你是外人了。我劝你还是尽早离开他吧，如果不离远点儿，你受罪受气的日子可长着呢。

听了这话，小云一下子抱住了二胖子，就像是为空落落的心找个支点：谢谢你和我说这些真心话。但我告诉你二胖子，现在说什么都晚了，就是你表哥家是火坑，我小云也得跳一回了。

二胖子向外瞧了瞧，慢慢推开小云：你这么说我就明白了，那你以后就注意吧。时候不早了，我要回去了。你早点儿休息吧，别光生气上火，仔细想想以后怎么办。

二胖子退出诊所，带上了门。

工资花光了，小文不敢和老戴说，悄悄向妈妈借了几十块钱，之后直接去了县城。见到管工程的王科长，没开口说话就先向口袋里塞了两包人参烟。王科长一边推让，一边说这个工地需要的大理石不多，你赚不了多少钱。听了这话，小文心里乐开了花。不管多少，自己总算开张了，有初一就有十五，以后还用愁没钱赚吗?

和王科长签了合同，小文搭上末班车回家了。路上他一直想着两包烟的作用，不但让他顺顺当当地做成了买卖，还省了住店的钱，这可真是一本万利的好事啊。难怪二胖子每天赚那么多钱，他一定也是尝到了送礼的甜头。

下了车直奔赵石匠家。

不能让赵石匠看合同，因为那样就露出底价了。他把规格、用途和交货日期向赵石匠说了，赵石匠高兴地说能加工，而且能够保质保量保工期。接下来的价格谈判就没有那么轻松了。赵石匠不停地叨咕工钱有多高，挖石头多么费工；小文则一个劲地讲这次的活儿不太好，对方给价太低。最后正好以小文售价的一半谈妥了。

走出赵石匠家，小文乐得想跳，想打自己几拳。去了运费和搬运的开销，他稳稳当当赚一千元，他在水利所上班每月开三十六块五，这一次买卖可就是整整两年的工资还带拐弯啊！如果一年谈成两笔，那还上什么班啊?

小文没有回家，看公社独一份的小饭店还亮着灯，就走了进去。要了一饭一菜，又要了一碗生啤酒。

平生头一回自个儿喝酒。

九

一早来到诊所，王中医开始哄小云。

他告诉小云，昨晚来的只是原来的一个女患者，是怕她疑心才没开门的。其实两个人什么事儿也没有，他可以对天发誓。说着话的时候，王中医又是弄吃的，又是给小云擦眼泪，显得特别冤枉和格外真诚。

女人最怕哄，再加上小云也打定了要和王中医结婚的主意，所以顺着台阶往坡下走最省事，不一会儿两个人便合好了。听小云说怀了他的孩子，王中医高兴得满地跑。这一方面是初尝将为人父的喜悦，也证明自己医术的高明，两件值得骄傲的事儿直冲王中医的太阳穴，不知道怎么表达才好。

接着俩人便商量着结婚的事儿，好给将要出生的孩子一个温暖的家。小云是二婚，没什么额外的要求，婚事儿也就变得简单了。为了让小云没有显怀的时候就娶进家门，王中医想修修院糊糊墙之后就结婚，时间在一个月之后，小云没反对，也就这么定了。

办喜事儿之前，小云回娘家报告诉信儿，妈妈对她说：愿意就夹包去，家里人嫌砢碜，就不去参加婚礼了。说不通老妈，小云只好把诊所当娘家，由王中医带着亲朋到这里把她接到收拾一新的家里，再摆上几桌席，这婚事就算完了。

婚后的日子过得平淡快乐。王中医总能说些小云喜欢听的话，而且二人还有一唠起来就收不住的话题——小云肚子里的小生命。眼看小云行动有些不便了，王中医便死活不再让她到诊所去，一心在家做做饭，收拾收拾屋子，更重要的任务是保胎。

虽然在家里有的时候觉得无聊，但王中医一有空就往家跑，让小云觉得既有体贴的男人又有将要出生的孩子的生活正是自己想得到的。怀孕期间的女人头脑里只生长兴奋细胞，所有的不快的回忆都在小云的心里消失了。

一天吃过早饭，王中医对小云说要去县城进药，要明天回来。他嘱咐小云要好好吃饭，不要累着。小云一边答应着，一边细心地给他收拾了行囊，在关心中把王中医送出了门外。

一个人的饭没味道。天擦黑的时候，小云吃了些剩饭菜，早早躺在炕上和孩子唠嗑。唠着唠着听见脚步声。待小云起身的时候，二胖子进来了，说要找表哥。小云告诉他表哥去县城进药了，要明天回来。二胖子像是自言自语地嘟囔：不对呀，我下午还看见表哥在诊所呢，那是我看错了吧。说完便匆匆地离开了。

二胖子扔下的话让小云犯起了寻思：下午在诊所，怎么会呢？但细想二胖子说看错了又好像是为了安慰自己。她越想越觉得不对劲，便穿鞋下了地。

起个大早，小文洗把脸就奔石场。天还没亮，赵石匠带着大家伙儿已经把两车石材装好了，正闲聊着等他呢。看到小文来了，大家热情地围上去，有的介绍情况，有的关心地问他吃饭没睡好没。

小文心里热乎乎的。推销员这个活儿没人稀罕干，但对这些靠石头吃饭的人来说却是相当重要了。自己有钱赚又能让大伙儿这样恭敬，小文成了救星，顿时感觉腰杆直了很多。

到了工地，小文先把带来的小笨鸡粉条子送进王科长办公室，之后请他出来验收。王科长边往外走边说：小文啊，你送来的货验收什么，以后一律免检，我安排人卸车去。

石材卸完了就结账。小文到厕所从钱捆里抽出二十张十元大票单揣一个兜，然后请王科长去下馆子。酒喝半道儿，小文把二百元塞进王科长衣袋里：以后不叫王科长了，你就是我王哥。有我赚的，就有你得的。挣多少钱咱们哥俩儿都二一添作五。这次生意小，王哥可别嫌少啊。

王科长把钱从上衣袋里掏出来，费劲地揣进裤袋里：老弟你别急，多大的事儿都是从小开始的。转过年我们就要干大工程了，只要是我管，这石材都要你小文的。县官不如现管，别人的石头一块也别想进我的工地，天王老子也不好使。

坐在回家的大客车上，虽然既累又困，但肚子里的酒精让小文兴奋得没有一点儿想睡觉的意思。他想到了小云要离婚的痛心，被水文站辞退的凄苦，还有推销不成的失望。短短几个月里他经历了太多的磨难和不幸，多少次让他想自暴自弃。虽然不知道自己是怎么熬过来的，但现在小文终于是看见亮光了，这让他觉得一个大男人就是要不怕困难不怕挫折，什么时候都要一股劲儿地往前冲。只有冲了，才会有出头的一天，不冲就不会有。

想着想着，小文感觉自己能力无限，前途无限。怀着一份轻松的心情，在天黑的时候走下了客车。

小文刚想活动活动坐僵了的身体，然后回家。突然看见小云从路下的诊所里破门而出。只见小云披散着头发，发出低沉的哭声。看着她摇摇晃晃地爬上公路，接着向王中医家走去，小文真想冲过去问问小云这是怎么了。但他像要做贼似的左右看了看，最终还是打消了这个念头。看小云没了踪影，他便转身走回了自己那个没有温暖的家。

十

王中医确实是去了县城，买了几包常用的中药。但来回三个小时的车程加上一个小时买药，没等天黑他就回到了诊所。他告诉小云第二天回来，是因为前一天他和秀芳约好要见面。

秀芳就是结婚前小云在王中医家只看到逃跑的背影的女人。她的男人在县城上班，为了不把钱都扔在道上，每个月才回家一次。也是在看病的时候，秀芳经不住既看身病又看心病的诱惑，和王中医开了干柴烈火般的戒。此后王中医成了正式的替补队员，心甘情愿地背起了秀芳的孤独、委屈和热情。对王中医和小云的恋爱和结婚，秀芳一点儿也不反对：做人得讲究，自己有家就不能干涉王中医有个做饭的，但也不能耽误了自己的好事。她对王中医把话说得既开通又明白。

喂饱了孩子，收拾了碗筷，秀芳又磨蹭了一会儿，天大黑的时候才溜进诊所。满以为这样就神不知鬼不觉了，可隔墙总有顺风耳，这个举动偏巧让刚刚收摊回家的二胖子看个清清楚楚。

自从让小云抱了一下，二胖子心里可放不下这个美女了，连摆摊卖货的时候都常常走神儿，回忆起当时的力量和味道。不长时间小云便成了他的表嫂，重温柔情的可能性已经不存在了。但看见表哥的老相好进了诊所的门，他替小云不平起来，于是他用一个巧妙的办法向小云报了信。

王中医和秀芳都觉得小云不可能挺着大肚子在黑灯瞎火的时候来诊所，所以从里面插上门之后就格外放心地叙起了情爱。

好景不长，一阵急促的敲门声打断了兴致。王中医以为是有急症患者来看病，就披衣走出去开门。本想几句话把来人打发走，可一开门王中医傻眼了。

小云推开丈夫，直奔里屋捉奸。这个诊所只有南面有门有窗，后面的墙是死的，所以秀芳再也没有了逃跑的机会，只能在穿衣服的当儿眼巴巴地和小云四目相对了。

小云可没有端详她的兴致和耐心，她挣开王中医拉着衣服的手，拿出铲地时用的力气，冲过去揪住秀芳的头发，一使劲便把她从沙发床上拽了下来。秀芳裤带没系，行走不便，而毛衣正套在头上，两只手被困在衣服里面。这个狼狈相使她顿时丧失了反抗能力。在小云的抓挠和捶打中，毛衣里传出比猪叫更尖利凄惨的声音。

正当小云恣意宣泄的时候，突然腿上被重重地踢了一脚。心里的痛马上超过了腿上的，她转过身来伸手抓向王中医：你他妈这时候还偏向这个破鞋啊，你打死我吧！

女人再健壮也不是弱男子的对手，更何况小云还怀着身孕呢。还没等自己抓到王中医，自己的身上已经挨了几拳，脸上也重重地被打了两个嘴巴。当她终于得手，使劲地抠住了对方的脸，正恨得想要抓下一块肉的时候，王中医用膝盖狠狠地撞她的肚子。小云松开手，呆愣愣地看了王中医一眼，推开门走了出去。看见小文站在车站望着她，小云便装作没看见，低头走回了家。

开始的时候只是醋意促使小云痛打奸夫淫妇，可王中医一有了可能伤害肚里小生命的举动，小云却突然连吃醋的劲头都没有了。虎毒不食子，王中医这个畜生竟然为了一个荡妇而不惜伤害自己的亲骨肉，这样的人还能一起过日子吗？小云彻底地绝望了。

不大的工夫，王中医回到家。任凭他怎么说怎么哄，小云只是一句话，要求离婚。最后王中医急眼了：我不给你手续你就啥着没有，安心给我生儿子吧。小云不再吭声，独自把被子铺在炕头儿，没脱衣服就钻了进去。

十一

第二天一早，小云像往常一样做了早饭，也像往常一样和王中医一起吃，只是二人谁也没说话。

饭后王中医去了诊所，小云收拾完了就走到门外向路上张望。她在等二胖子。二胖子家在道上，每天到公路边摆摊必须经过小云家门前，而且他出摊的时间也是在王中医上诊所之后。

过了一袋烟的工夫，只见二胖子扛着一大包衣服走了过来。小云轻声把他叫进院来，请进了屋里。没等二胖子开口，小云就对他说：昨天被你表哥欺负了，我不能容忍他伤害肚子里的孩子。这个日子肯定是过到头了，但他死活不给我出手续离婚。今天找你就是要你想个办法。总觉得你心里是喜欢我的，只因为我是你的嫂子就憋在心里。如果把这件事儿办好了，我当驴当马都是你的人。如果我说得不对或是你办不到，就当我什么都没说，你就好好做你的买卖吧，所有的苦我一个人担着。

听了这话，看着小云流泪，二胖子愣了一会儿说：小云你别急，让我好好想一想，明天早上我再来和你说话。

扛着服装包走出去，二胖子心里有点儿乱。小云明显给他一个希望，也出了个难题。不过马上发生的事儿更让他乱上加乱。出了院子没走几步，就看见王中医脸红脖子粗地站在他的面前：我问你二胖子，我不在家的时候你总上我家干啥呀？是不是惦记漂亮的嫂子啊？你这纯他妈的是癞蛤蟆想吃天鹅肉。你要不是我的表弟，我就找两个人打断你的腿！以后懂点儿规矩，少上我家跑骚来！

不敢明天早上来了。二胖子下午看诊所开着门，就跑来悄悄把小云叫到了村外的一块玉米地旁边。他说：我想了一个办法，保证那个畜生再也不会让你闹心。听他讲完，小云也吓出了一身冷汗。这回轮到她说了：你让我想一想。

回到家的小文正要做点儿饭吃，刚点上火就看见赵石匠走了进来。小文登时笑了：我说赵大哥啊，你是闻着味儿了还是听着声了，怎么我刚进家门你就跟来了呢？急着取货款吧？

赵石匠说你都没猜对，我是摸着你的影儿了。刚才二胖子说在公路上看见你下车往家走了，我才过来看看。取钱倒是其次，主要是想看看这第一笔大生意做成没有。如果成了，你和我们大伙不都有了奔头了吗。

看着小文擦了手给他数钱，赵石匠乐得合不拢嘴儿：看看你天生就是赚大钱的料，哪像个做饭的人啊。这小云这丫头可真是没有福气，愣是离了金山往火坑里跳啊。赶明儿个得赶紧给你张罗个媳妇，把你的心拴在这儿，这样你这个大能人就会专心推销石材，我们这帮靠石头吃饭的人也就不愁没钱赚了。

小文没有搭腔，而是把点好的钱递过去：你数数。

赵石匠小心翼翼地双手接过来，像抱起了刚落炕的大孙子：数啥呀，你我还信不过吗？你快整饭吧。现在山上的兔子野鸡都抢上秋膘了，我家有只老洋炮，明天你不出门吧？咱爷俩儿打猎去，打点儿野物解解馋，剩下的留着你上城里送礼。小时候整天上用弹弓打家雀，就是没摆弄过洋炮。听赵石匠这么说，小文来了兴致：好啊，明天一早我就去你家集合。

大清早赶到赵石匠家，小文看见赵石匠是一脸的无奈：昨晚我在你家唠嗑的时候，洋炮让你婶借给二胖子了。人家刚拿走咱咋好意思现在就去往回要哇，咱俩改天再去吧。

乘兴而去，败兴而归。该死的二胖子！

十二

二胖子不是该死是作死。

吃五谷杂粮长大了，每个人都充满着欲望。这些欲望的最终目标，是让自己生活得更幸福更富裕更有尊严。可是假如不能很好地把握这些欲望，它们又常常像魔鬼一样把人带进痛苦的泥潭，甚至是万劫不复的不归路。

二胖昨天向小云讲的，是一个害死王中医的计划。小云已经是恨不得喝王中医的血吃他的肉，但一想起要犯滔天大罪，心里犹豫了好长时间，最终还是仇恨战胜了恐惧，成了二胖子的同谋。

人睡得最沉的是午夜两点，小云悄悄坐起身来。她回头看一眼身边的王中医。只见他平躺在炕上，呼吸均匀有力，神情平和安详。

再悄悄转过身跪起来，把右手的中指放在嘴里濡湿，向窗户纸上轻轻捅去。窗户纸遇到水之后，是慢慢胀开的，一点儿没有被撕裂的声音，自然也就不会吵醒熟睡着的人。

当窗纸上的洞变得足够大之后，一支乌黑的枪筒慢慢地伸了进来。枪管不动了之后，小云用双手把住它并调整方向。开始瞄准的是王中医的头，犹豫了一会儿向下拉一点儿，觉得中心点应该是脖子的时候，小云松手转头，把头插在窗台下边，用手捂住耳朵。

砰！

还没等小云从惊魂中醒来，王中医已经开始大叫了：哎呀，热呀，哎呀，疼啊。小云你要害死我啊！

透过满屋的白烟，只见王中医满脸漆黑，中间有无数个血点儿。王中医的双手正在轻捂着双颊，想抚摸又不敢用力。

急中生了智，小云拿起自己的枕头，使劲压在王中医的头上，然后站起身，一屁股坐到枕头上。任凭王中医挣扎、抓扯、喊叫，小云岿然不动，直到一切都归于平静。

当被枪声惊醒的左邻右舍赶来时，小云正抱着不动的王中医嚎啕大哭：哎呀我的冤家呀，你咋就这么走了啊，肚里的孩子管我要爸爸，我可怎么办啊。

听到信儿的公安不一会儿就到了。把众人赶出去之后勘察现场、搜集证据。

案情不复杂，有人拿支洋炮捅破窗纸开枪，使王中医从胸到头中了几十粒枪砂。由于射击距离较近，王中医的身上喷满了黑色的火药。致命的原因应该是几颗枪砂击穿了气管，窒息死亡。

经过询问，小云回答得合情合理，作案的可能性基本排除。

唯一的办法就是从公社的住户中拉大网了。

做坏事儿的人都希望侥幸，他们就靠这个骗自己，不让脆弱的心理崩溃。

但是公安有高招儿。

他们先查谁家有猎枪，然后再看枪膛，就知道谁最近打过枪，捋着这条线再往下找。没找两天，赵石匠就打不成石头了，被公安整进局子里了，原因是他家的猎枪最近用过。

在里面呆了一宿，公安轮流审问，就是不让他打盹儿。其实也犯不着怎么折腾，赵石匠也没必要替谁背黑锅。只是他预感到二胖子借枪肯定不是好事儿，而且又不是他亲手借出去的，所以咬牙挺了一宿，天麻麻亮的时候困到极点，干脆交代了吧。于是走了赵石匠来了二胖子。

公安去家里的时候，二胖子正扛着衣服包出门呢，一看见公安，他的腿一软，咕咚就跪在地上，大包滚落在他的眼前。逮住二胖子也就跑不了小云——典型的谋杀亲夫案。

抓得快审得也快。不到半个月，大敞车拉着二胖子在公社游了一圈，最后在南面的泡子沿儿放了枪。

虽然小云要了王中医的命，可王中医留下的骨肉却救了小云的命。因为有孕在身，小云被判了死刑缓期执行。过了几个月，将要临盆的小云被假释了。

娘家死活不认这个丢尽脸面的女儿，王中医的房子也被他的父母变卖了。小云只好在公社租个小房待产。每当遇到搭腔儿的人，她就反复地说：那时候我咋就那么傻啊，就是觉得小文太窝囊，王中医啥都好。这下可好了，啥都没了。罪有应得呀！

小文听到大伙谈论小云，不知道自己心里是什么滋味儿。庆幸吧高兴不起来，心疼吧又和自己不挨边儿。打听吧怕别人嘲笑，不知道小云说了什么做了什么又心里没底儿。

正是在这矛盾中，小文听说王科长因为受贿也进了监狱。他惊出一身冷汗，幸亏自己和他合作的时间短啊，二百块钱不够买监狱的门票，再做一笔自己也坏了。

刚尝到甜头，有点儿欲罢不能。小文想来想去决定以后要做成一笔就换一个地方，第一站选中了去山东，因为他有个舅舅家住在那里。

临走的那一天，小云生了个白白胖胖的儿子。小文买了奶粉、布料、鸡蛋，装了满满一大包，托赵石匠给小云送去，自己坐上了南行的列车。

大　臣　子

一

参加工作不久，家里人就全部离开了家乡。偶尔回到那个我从小长到大的地方，看到熟悉的道路和山峰从车窗外滑过，就自然想起当时的人来，这其中最为熟悉的就是我的同学们。

永远忘不了这样一张脸：尖尖的下巴、小小的眼睛，鼻子和嘴巴长得比别的同学小一号，一笑起来鼻子上挤成几道皱褶，眼睛眯成两条中间断开的线段。他就是我要好的同学——大臣子。

大臣子是我初中时候的同学，在班里是数学学得最牛的学生。我尊重学习好的同学，他也愿意和我交往，所以虽然在一起只学习了一年，我们还是成为了好朋友。在一起的时候，不但可以向他请教数学问题、交流学习方法，同时给我潜移默化影响的，是大臣子每天总是脸上挂着笑意，总是友好地对待每个人每件事和每个问题。这是一名让和他交往的人感到很舒坦的阳光男生。

学好数理化也并不一定走遍全天下，由于大臣子的语文学得一塌糊涂，参加高考的时候落榜了，我上大学的那一年，他回乡当了一名民办教师。

生活和工作都稳定了，爱情也来得快了。工作没多长时间，大臣子就和一位早就暗恋他的小个子女生恋爱了。同学处同学，温度升得邪，没处几天女生肚子大了起来。

爹矬矬一个，妈矬矬一窝。因为母亲个子矮，大臣子和弟弟身材都不高，父母本想让儿子娶个大个女人改良品种，所以对大臣子处对象一直持反对的态度。可是当二老看到姑娘衣服的下摆一天一天向外翘，就马上闭上嘴巴撒开腿，风风火火地张罗起了婚事。

姑娘对婚礼没提任何要求，只是希望越快越好，因为她特别想把孩子生在婆家，而不是生在娘家。

她的愿望实现了，结婚当晚，新娘就生下了又白又胖的大小子。

阵痛中的婚礼，一定刻骨铭心。

但更加刻骨铭心的事情还在后头。

二

同学见面需要机遇，还有的时候需要勇气。

由于学识、机遇、社会关系等多种差异，分别之后各自的状况就有了天地间的差别，有的人一直在忧郁中艰难前行，有的人却迅速过上有尊严的生活。

每个人都喜欢把自身光鲜亮丽的一面展示给他人，把窘迫晦暗的境遇深藏在心底。于是同学们相聚的时候，常常是得志的夸夸其谈，穷困者独处一隅。然而说者有心，听者更有意。炫耀难免引来敌视。所以很多同学聚会不但没有加深情感，反而生出了敌意，这是一个双方都需要反思的问题。

大臣子的表弟小春和我同是初中的同学，现在也生活在长春。逢年过节的时候，表兄弟总会见上一面，所以小春完全了解大臣子的情况。一次和小春见面时，他无意中说大臣子来他家了。我兴奋地提出要请大臣子出来吃饭。小春却出人意料地说："我看你还是别请了，大臣子已经和过去完全不一样了。请他喝酒，他会闹得让你受不了的。”

看到我不解的表情，小春讲起了大臣子不幸的往事。

媳妇可以不满意，孙子可是自己的亲骨肉。自从儿子降生，大臣子的妈妈便成了全职保姆，每天围着孙子忙前忙后，把老头子和小儿子丢在家里放了羊。那爷俩有什么事儿，都要到大臣子家现场办公。

一天下班，大臣子兴冲冲地奔回家准备抱儿子，一进门他就发现气氛不对。原来是上高中的弟弟二臣子来找妈妈，非让妈妈拿钱买条喇叭裤。

当时喇叭裤在社会上正流行，但在学校却是严厉禁止的，因为学生一穿上这东西，就等于在老师和同学面前贴上了流氓的标签。妈妈死活不掏这笔钱，二臣子不达目的不罢休。妻子悄悄告诉大臣子，娘儿俩已经僵持了半个下午了。大臣子来了火气，大声教训起弟弟来，妈妈在一旁随声附和。兄弟俩吵了一会儿，人单力薄的弟弟跳起脚打了哥哥一嘴巴，扭身向外跑去。

年轻人不知深浅，气急败坏的大臣子追到门外，随手抓起门后的铁锹就向弟弟逃跑的方向撇去。

惨剧就在不经意的时候发生了。

大臣子没有听见铁锹落地的脆响，却听见弟弟倒地的声音。定睛一看，二臣子大腿上喷起了一米高的血柱。大臣子急忙冲过去，用手堵伤口，血止不住；妈妈扯块床单扎在伤口上，血止不住。娘儿个哭喊着把二臣子弄到镇卫生院。大夫摸摸脉，又翻翻眼皮，告诉大臣子：人不行了。

二臣子被送进了太平间，大臣子被抓进了派出所。

三

福无双至昨日至，祸不单行今日行。

大臣子结婚当晚便生了儿子，可以算得上是福已双至；而今天的情景又真是祸不单行了。

保活人不保死人。匆匆忙忙地埋葬了二臣子，大臣子的妈妈和抱着孩子的妻子便去了派出所之后去检察院，出了检察院又进法院，唯一的愿望是别让大臣子蹲大狱。

判决合情又合法，大臣子以过失杀人罪被判了缓刑。

人是捞出来了，可捞出来的已经不是原来的大臣子。

二臣子只比大臣子小两岁，平时哥俩打架是家常便饭，动个刀弄个棒也是常有的事儿，可这次咋就要了弟弟的命呢？

大臣子死活想不出结果来，只好每天坐着发呆。在家时不言不语，给学生上课时也不住地发傻，总是讲完上句不知道下句该说啥。

校长家长都是大臣子家的老邻居，都目睹了惨剧的发生，也给了大臣子以最大的宽容，等待着他从噩梦中醒来。

别人可怜弱者，是出于同情，也希望弱者能得到一份安慰；自己可怜自己，却是一种非常可怕的心态，它能把人拖进无法自拔的深渊。

没过多久，大臣子开始酗酒。每当喝得脸红心热的时候，他开始向酒友们诉说内心的痛苦，接着找个由头便开始骂人打人。他粗鲁的举动直弄得鸡飞狗跳，朋友们个个把陪他喝酒当成了沉重的精神负担。

讲到这里我明白了，小春是怕大臣子喝多之后在我面前撒野，才不敢让我请他吃饭。

一个开朗阳光的少年，被生活中的一次重大变故折磨成这个样子，听了之后我不免陷入了沉思。

人生是由无数个痛苦和快乐组成的一条线段。

没有快乐，人就失去了承受痛苦的勇气；而没有痛苦，人就像一直躺在妈妈的怀里一样丧失了成长的机会。所以正确的人生态度应该是：勇敢地承受痛苦，尽情地享受快乐。最有效的办法应该是忽略承受过的痛苦，放大体验着的快乐。

大臣子没有听我的话，因为他没有看到，命运在他永无休止的自怜自艾中继续滑向了见不着底儿的深渊。

四

时间久了，大臣子酒德不好很快就远近出了名，一听桌上有他，再恋酒的人也躲得远远的；实在馋了或者被大臣子软磨硬泡陪他喝的，听到他说话的语气一变，就立马找个借口溜之乎也。

万般无奈，大臣子每天下班的时候到小卖店买瓶酒，回家自个儿喝。

理解他心里的苦，妻子每晚都想方设法弄点儿下酒菜。可喝着喝着，这酒变了味儿。菜凉了咸了，大臣子就开始对妻子怒目相向，再后来是破口大骂，最后就摔了筷子掀了桌子，没深没浅地把老婆一顿胖揍。

忍到儿子三岁的时候，妻子明白再撑下去对大臣子不但没有任何帮助，还会助长他自怜的心态，做出更过火的事情来，于是上法院和他离了婚。

老婆儿子都走了，家成了空房子，再发火只能踹墙了。但好在了无牵挂，大臣子依然买酒回家，没菜的时候就把酱油倒到空碗里，喝口酒，用筷子醮点酱油往下顺。

衣服几个月也不洗，屋里臭得呆不住人，光棍的日子不好熬。

除了无奈的父母，还有一个人看着大臣子揪心，她就是小舅子媳妇娇娇。

娇娇家就住在隔壁。大臣子没离婚的时候，常常陪老婆回娘家过年过节，自然和小舅子一家共同过上几天。回到自己家，没事的时候互相走动也是自然而然的事情。

娇娇因为家里日子过得紧巴，没上几天学就下地干活了，可她却偏偏喜欢有文化的人。自从成了亲戚，娇娇就特别崇拜文质彬彬的姐夫，有什么事也愿意和他商量交流。自从姐夫家里出了事，娇娇是看在眼里，急在心上。她不止一次苦口婆心地劝姐夫要振作起来，有知识的人愿意钻牛角尖儿，她可不希望一次突发性的事件把这个知书达理的人给毁了，因为这是自己心目中最重量级的偶像。

自从大姑姐和大臣子离婚之后，娇娇看到他家里有什么活计，就不言不语地帮着干了。农村的房门多半是不上锁的。趁着丈夫和姐夫不在家的时候，她有时也悄悄溜进屋去扫扫地，抹抹炕板，开开窗户放放味儿。真想给大臣子做顿饭，让他下班之后有回家的热度，但她不敢这么做。

清醒的时候回到家，大臣子也常常发现家里变得规整了，他一直以为是妈妈来帮他收拾的，也就没有在意。直到有一天，他在午休的时候回来取早晨忘带的教科书，一进门就看见娇娇正在弯腰扫地。惊讶之后眼睛一亮：呀，天上掉下个林妹妹，完全像古代传说中的情景。

五

现在的大臣子可不是见了腥都不动心的猫，他冲过去抱住娇娇，伸出嘴巴就向脸上啃。娇娇使劲地扭动身体，手中的笤帚胡乱地挥舞，但弱女子怎么能抵挡如狼似虎的老爷们?

疯狂地发泄之后，大臣子发现娇娇一动不动，眼里不停地淌出泪水。当他伸手去擦泪的时候，娇娇抓住他的手：“姐夫啊，看你活得太苦了才来帮帮你，以后别在精神上折磨自己，也不要再喝那么多的酒了，算我求你了。”

本来大臣子像偷完东西的贼一样紧张得不知道怎么收场，娇娇的这句话终于让他放心了，马上把头放在娇娇怀里，像受了委屈的儿子终于得到妈妈的抚慰一样，大臣子抽泣起来。

缠绵了半天，娇娇忽然起身，忙乱地擦擦眼睛，理理头发：老公就要下班了，她要抢在之前回到家里。

大臣子没有起身，他只是目送着娇娇离开。

这一晚大臣子破例没有喝酒。

娇娇和大臣子本来就是走得很近的亲戚，所以二人有了私情之后，相互都没有扭捏和不自然的感觉，顺理成章般地开始维系着。每当娇娇丈夫不在家的时候，热情就开始在被娇娇收拾利索的大臣子家释放。

城里人讲隐私，农村人讲不了。屁大的地方，几百口人，没有一张面孔是不熟透的。娇娇穿门越户的举动很快就成了村里人饭后闲聊时的重要话题。这种闲话就像石头投进水面的时候形成的旋涡，时间越长就传得越远，放得越大，最后就只瞒住了一个人——娇娇的丈夫、大臣子原来的小舅子。

大臣子的前妻听到了这个消息，内心中充满了被羞辱的感觉，使她丧失了理智。她一刻没停地跑到弟弟家，告诉他娇娇犯了乱伦的大罪，绝对不可以饶恕。

前妻的弟弟也就是娇娇的丈夫从小就是个内向而懦弱的人。但再窝囊的爷们也不愿意戴上绿帽子。娇娇回家之后，丈夫拴上房门就是一顿拳脚。

开始的时候娇娇还一口咬定绝无此事，但看到丈夫出手越来越重，怕再也见不到心爱的孩子和放不下的大臣子，只好一五一十地招了供。

见娇娇全部招认了，丈夫停住了手。他默不作声地走到外屋，操起菜刀就向大臣子家奔去。娇娇顾不上满身的伤，边追赶着丈夫边大声喊道：大臣子快跑！

六

听到娇娇声嘶力竭的喊声，正以百米速度冲刺的丈夫突然像脚被什么粘住一样停住了，回过头来呆呆地看着自己的老婆，好像压根儿就不认识这个人一样。趁着这工夫，大臣子冲出家门，不一会儿就跑没了踪影。

菜刀从手中滑落到地上，丈夫有气无力地从娇娇身边走进了自己的屋门。

娇娇怕丈夫再有对她不利的举动，当晚便溜回了邻村的娘家。

娇娇第二天一早回来的时候，离老远就看见自己的院子里围了老大一圈的人，差不多全村的人都到齐了。一种不祥的预感让娇娇头皮发炸，她推开众人，冲进屋里。眼前的情景让她惊呆了：丈夫平躺在床上，已经没有了呼吸，脖子上有一条深深的勒痕。仰头看看，自尽用的麻绳还悬在房梁上。摸摸丈夫的手，已经冰凉了。娇娇心里明白，一定是郁积在心里的怒气没法排解，丈夫在她走后不久便寻了短见。

看见娇娇进门，婆婆把头低低地对着她的腹部冲了过来，边冲边喊，你这个遭雷劈的烂货，快还我儿子！

众人急忙拦住婆婆，把娇娇向外推去。娇娇仓皇外逃的时候，大臣子的前妻冲过来给她挠了个满脸花。

娇娇和丈夫没有孩子。在婆家和娘家的双重逼迫下，她给丈夫披麻戴孝，打幡摔盆地送了终。

安葬完丈夫，娇娇收拾好东西回了娘家。她每天大门不出，二门不进，不希望见到任何一个熟人，只希望由自己造成的这场风波快点儿结束，自己再重新开始平静的生活。她也常常想起大臣子，想起他们的温情。但经过了这么大的变故，想也是白想，大臣子还敢面对自己吗？

敢。

一天晚上，躺在炕上的娇娇听到屋门响，家里来客人了。侧耳听听，先是大臣子和开门的娇娇妈打招呼，接着就是妈妈严厉的斥责声："你怎么有脸上我家来，赶快回去！"

娇娇赶紧起身，拦住妈妈和正要冲过来的爸爸，把大臣子拉到自己屋里。

娇娇热切地抱住大臣子，既兴奋又难为情地说："你咋能来我家呢？你让爹妈的脸往哪儿搁啊？"

"这些天我也想好了，反正事情已经发生了，想让屯里人忘了也是不可能的事儿。我只想问问你嫌弃我不，如果不嫌弃，我们就一起过吧，别人磨破嘴我们也别在乎。"

娇娇半天没吭声，最后才叹了一口气说："也对。"

七

不顾爹妈的强烈反对，娇娇收拾自己的东西，当晚就跟大臣子回家了。其实对于今后怎么办，她想了很多条路，但唯一行得通的路就是和大臣子过下去。大臣子没来之前，娇娇不知道他的态度，也就没法把自己的想法付诸实施，既然大臣子这么说了，自己还有什么选择呢？

大臣子觉得四十度的灯泡比往日亮堂了许多。放下包袱，娇娇就里里外外一顿收拾，猪窝般的房子又变成了规整的家。

两个人上班还是出门的时候，总是有人在身后指指点点，至少也是看到他们走得没了踪影。二人都是一个态度：一概不理，走自己的路，让别人去说、去看吧。正是因为有了村里人异样的目光，大臣子和娇娇变得比偷情的时候还亲密，因为他们要团结起来才能有效地缓解内心的压力。过了几个月，村里人把他们一起过日子的事情习以为常了，也就渐渐地没有人指指点点了，这让他们两个人心里轻松了不少。

虽然好奇心淡了，但村里一直没有人愿意和他们交往。所以大臣子上班就是给孩子上课，下班就面对一个人——娇娇。日久无聊，大臣子慢慢又开始每天晚上喝点儿酒。开始的时候听娇娇的话，一顿二两。可这酒就像药一样，用得时间长了就产生了耐药性，逐渐地二两已经不够解馋了。大臣子开始的时候求娇娇再添点儿，接着是自己拿酒瓶子倒。这一倒可就完全失去了控制，大臣子喝多了就仿佛回到过去，一喝就多，多了就找茬儿发脾气骂人。身边没有旁的人啊，娇娇成了唯一的发泄对象。

和过去对待前妻如出一辙，大臣子先是骂，后是打，而且越来越频繁，越来手越狠。娇娇越是劝越是求，大臣子打得就越是厉害。最后发展到逢酒必打，打必有伤。

一天，娇娇正带着满脸的伤痕，无精打采地在扫着院子，猛然间听见院外有人高声地喊，大家快来看啊，这就是破鞋的下场，老天有眼，报应到了！

娇娇赶忙抬头望去，只见原来的婆婆正高高站在一堆柴草上，脸扬得高高的，拼命地希望所有人听见她的话，有人开始顺着喊声向这里聚拢过来。

这是替丈夫报仇来了。娇娇不敢出去理论，只好从房子的另一端跳过栅栏，一溜烟地跑回了娘家。

晚上大臣子找到娘家的时候，娇娇的妈妈告诉他，娇娇回来呆上没一会儿就走了，去向家里人不知道。

在以后的日子里，大臣子没有等到娇娇，只好每天用酒来麻醉自己。

究竟麻醉到什么时候，没有人知道，包括大臣子。

耗　　子

耗子长得肥头大耳，和耗子的形象不挨边儿。不挨没关系，他名字里有个浩字，这不就挨上了吗？从上小学到现在，耗子在同学中间就叫这名。

耗子和我是高中时候的同学，他家住在县城里边。放学没事儿了，他便邀请我和另外一个叫大海的农村同学去他家。他家里很特别，之一是有一台一般人家没有的小电视，之二是养着很多貂。后来知道，他的爸爸是一家矿上的职工，因为得了职业病而提前退休在家，便琢磨着养起貂来。有了额外收入，家境自然比别的同学家好得多。一到了耗子家，他的妈妈就忙里忙外为我们弄吃的喝的；他爸爸叼着烟袋，陪我们唠嗑看电视，表情总是笑眯眯的，大笑起来也格外爽朗。

耗子是复读一年之后考上长春一所大学的外语专业的，我毕业后他还要再学一年。于是找个周末和他到另外一所学校看望中学时就要好的大海。结果大海没在校，却在楼梯口遇见了另一位女同学小莲。这一见面不要紧，耗子及时而迅速地展开了攻势。大海后来对我们说，耗子这小子见色忘友，去学校不见他了，即使碰上也只是简单打个招呼便继续和小莲轧马路。我们大笑之后充分理解，时不我待，毕业后便要各奔东西，上哪儿追去呀？

毕业后，耗子成功地留校任教，小莲分回县里。耗子不让女友回去，习惯省城生活的小莲也乐得留下。也都老大不小了，耗子管系里要了一间宿舍，便向家里打招呼要结婚了。

耗子有两个哥哥，都早已经结婚成家。这老儿子娶媳妇，不是大事完毕吗？而且儿媳妇长得挺标致富态，一脸的福相。耗子的爸爸高兴得每天更是合不拢嘴儿，不但要伺候那群貂，还天天琢磨着预定饭店，装修新房，一起床就忙得脚不沾地儿。

还有两天就是结婚的正日子了，耗子和小莲回家了。耗子爸除了必须做的事儿，其余的时间就是绕着小两口转，甭提多开心了。当晚直到深夜，老人才去睡觉。结果这一睡再没起来。典型的过度疲劳和过于兴奋引发的心梗让老人只翻了几个身，哼了一声就过世了。

喜事儿变丧事儿，全家顿时乱了套。还是大哥拿事儿，说爸爸是高兴没的，算喜丧，我们不能违背爸爸的意志推迟婚礼，等办完喜事儿再办丧事儿。有父从父，无父从兄。婚礼如期办了，第三天便为爸爸出灵。

含泪的欢笑，终身难忘的婚礼。

在家里回完九，小两口便回到省城，过起了甜蜜幸福的新婚生活。不过安逸的生活中耗子有丝不如意，原因是自己的工作。

改革开放之初，搞教学和科研的人赚不到更多的钱，也得不到别人的尊重，下海经商是最时髦的追求。耗子没心思教课，一门心思想利用自己的外语优势进入外贸企业。有志者事竟成。当小两口的儿子降生的时候，一名有点儿权势的学生家长帮耗子说了话，很顺利地进入了红得发紫的一家外贸公司当上了业务员。调走了，学校要收回宿舍。耗子心想，将要挣大钱的人还在乎这破房子吗？于是便痛快地在外面租了间房搬了出去。

下海潮成就了一大批的人。

其一是劳改犯，出来后工作老婆啥都没了，做点儿小买卖混生活吧。结果辛苦换来了日进斗金的意外收获。坚持几年，当别人看出门道的时候，人家的原始积累完成了，向大饭店、大买卖投资了。

其二是有权有势的官员。位置重要的部门，即使没有职务，也拥有一定的资金和物资审批权，这些权力很容易变成现金，成为创业的先期资本。

耗子这两项都不具备，更可悲的是，驴被牵走了，橛子也拔没了。他到公司的当年，大老板被双规了。一查，公司完全成了靠银行贷款支撑的空壳，亏空已经高达几亿元。

学会了请客吃饭，学会了高消费，业务还没等开展，公司关门了。老职工个个外号都叫“留一手”。他们早在为公司做业务的同时，发展了自己的国外客户，国营公司一垮，一大批个体的小公司便顺理成章地开张了。耗子还没业务呢，不但没能力开公司，连别人开的公司也当然不要他这个门外汉。

学校是没脸回了，老婆又没工作，眼见房租都困难了。耗子再次发挥了外语的优势，他联系了国外的同学，同学说他的公司正在向国外的学校送留学生，亟需要有人代理。一谈就成，由耗子负责在国内招，同学向外派。每派一名学生，耗子拿一定的手续费。

正是出国热，家里有钱的，学习不好的，想出去赚钱的。不出两个月，耗子就招了二十多个留学预备生。汇出应付的，留下该赚的，耗子显得格外充实，格外有成就感。按现在的经营状况，不愁没钱花了，也不愁今后的工作了。耗子花大价钱租了写字楼的一层，既办公，又办起了出国前的培训班。

天又塌了。

眼见办出国手续的日期一天天临近，学生家长天天来问，可国外的同学就是拖延，一会儿说在外地出差，一会儿又说领事馆放假。再打，座机手机都不通了。耗子脑袋发炸：汇过去70多万啊！

脑袋发炸的不只耗子一个。家长们拿的钱有的是借的，想让儿子出去挣回来再还上；有的很有钱，但也不希望自己的钱打水漂啊。陆续有人来公司，任凭怎么解释，也要拿点钱或东西走，一瞬间耗子身内无分文、身外无长物了。

一天我接到小莲的电话。她急切地说，耗子被一个县的警察带走了，得借点儿钱才能把他赎回来。原来其中一位家长是县人大的主任，他想用这种办法把自己的损失减少点儿。

我和大海每人带了3000元，告诉对方，我们愿意把钱借给耗子并把他赎回来，如果嫌少我们就不借了。

有效。回来的路上耗子不停地说同学不会骗他，一定是发生了什么特殊事儿才失踪的。我们听着没吱声，到这份儿了还执迷不悟啊！

奇迹不会发生，生活还要照旧。耗子借遍了所有的亲朋好友，终于把家长们安抚得不再来要账了。但一屁股的债却让耗子异常烦躁，他是一个欠别人钱就睡不着觉的人，此时他更加急切地想发财致富，把让他抬不起头的债还上。

这回他选择了炒股。

自从股票开始发行之后，耗子就买了几本书来进行认真的钻研与揣摸，对其中的操作方法和基本规律是了如指掌，只是前一段忙于经商而没有付诸实践，这回有机会了。

由于自己没钱投入，耗子想借鸡生蛋。他每天像模像样地背着背包到股票大厅，靠对当前股市的评价和走向分析来说服其他股民，目标是吸引大家把股票委托给他来操盘，赚钱之后收取一定比例的佣金。如果赔了，按规定耗子也要赔偿一定的数额。也就是利益共享，风险共担。此后每次同学聚会，耗子既不讲对外贸易，也不讲海外留学了，而是兴致勃勃地进行股票心得方面的演说。他说得兴奋，我听得担心，总想和他好好交流一下。

机会来了。一位同学的父亲去世，我拉着耗子回老家去。

路上我很耐心地说，耗子啊，孩子要上中学了，你准备好钱了吗？耗子说，钱我不担心，只要抓住机会，几天的收入就够孩子上学用了。我问他，你欠别人多少钱啦？听我这么问，耗子有点儿不自在。想了一会儿，支支吾吾地说，也就20万吧。我说耗子啊，你欠着

20万，而且你做的又是赚和赔说不好的股票，你赚得起，赔得起吗？你股票研究得精，我们都承认。难道你不知道中国股市除了熊市牛市还有猪市的说法吗？如果想给孩子一个安全的学习机会，劝你还是找学校教外语吧，虽然来钱少，但稳定啊。咱孩子上不了好学校就去普通的，至少你能供得起。欠的钱可以等等再还，孩子的教育可不等你啊。哥们儿，你可要想好啊。

耗子半天没吭声。

回来一个多月之后，耗子打电话了，说要请我喝酒，因为他在一家私立学校当外语老师了。

找了大海，再找个小馆子大吃了一顿，祝贺耗子重新走上了生活的正常轨道——当然不能让他请客。耗子还真行，一干就是十多年。钱还没还完不知道，但耗子的孩子已经顺利地考上了大学，他也被提升为教研室的主任了。

看着耗子真能塌下心来，大家看着都高兴。不过前两天耗子告诉同学们，现在越来越觉得这所学校待遇差，想到外地的学校去任教。

我又犯起了寻思，但愿我的担心是无用而多余的。

同桌的妈妈

一

我上学的时候，高中还是两年制。

一上了高二，印象最深的就是不停地考试、分班、换座。只剩一年就高考了，没有更多的心思去想坐在哪排哪桌，更来不及认识同桌是谁。所以毕业后当同学说起曾经同过桌时，只能礼貌而心虚地点头，因为早就不记得到底有没有同过桌了，否定或者询问说不定会刺激了对方。

但有一位同桌，至今还时时想起，甚至总希望有机会再和他进行深入的交流。

记得在一次分座之后，在食堂喝完不知道啥味道的高粱米粥，我便急急地走到座位上埋头看书做题。

不大工夫，坐在边上的同桌用钢笔捅了捅我的胳膊：“你每天都这么用功吗？”

我转过身看着他，友好地点点头。

这时候我发现，同桌圆而白净的脸盘上长着高高的鼻子、大大的眼睛和厚厚的嘴唇，典型的城市里招人喜欢的那种男生。然而观察他的眼神，里面流露出一种当时说不清的锋芒，有过人生的经历之后才体会到，那是一种冷漠而又警惕的神情。

“如果我要像你那么用功，学习肯定比你好。”这是同桌说的第二句话。我不知道怎么回答这句带有歧视和讽刺意味的话，只好装做没听见，把眼神收回到书本上。

后来听其他同学说，同桌的爸爸是位局长，妈妈是县里有名的美人儿。两个人原来都是北京人，出身不好的爸爸被下放到我们县里，生活一下子变得异常艰苦，而想重新回到北京又没有一点儿希望。在同桌很小的时候，吃不了苦的妈妈狠心地丢下爸爸、同桌和还在吃奶的妹妹，独自一人跑回了北京。

听了这些话，我完全忘了同桌对我的讽刺和歧视，生出了深切的同情感，更恨起那位狠心妈妈来。

我上高中，正是旧的思想被打碎，新的价值观还没有建立的混乱时候，街头上每天都有打架伤人的恶性事件发生，弄得我们这些农村学生基本不敢迈出校门。

有一天，同桌不小心把书包碰到了地上，我俯身想帮他拣的时候，只见散开的书包里除了不多的几本书本之外，还有一把亮得让人心里发凉的刺刀。同桌一边迅速地收好书包，一边冲我摇摇头，我也会意地点点头。听同学说，同桌是一个小团伙的头头。

此后的日子里，同桌对我这个农村生表现还算友好，每当下课和放学的时候，常常聊上几句和学习无关的话。临走的时候常常对我说，如果有谁欺负你或者干扰你的学习，你就告诉我。

这次分座是高中的最后一次，我们直到毕业仍然坐在一桌。

高考发榜，我到学校去取成绩单，正好遇见了同桌。他热情地拉我到他家去吃饭。盛情难却，也想看看没有妈妈的家里是什么样子，我接受了邀请。

同桌家住在一处宽大的平房里。我随同桌进门的时候，他爸爸正在厨房里做饭，妹妹正在不停地收拾着屋子，整个家里和其他人家没有什么两样。

聊了没一会儿，爸爸便放上桌子，端上了饭菜。

吃饭的时候，同桌的爸爸热情地给我盛饭夹菜，脸上始终堆着和蔼宽容的笑容。妹妹一边吃饭，一边和同桌亲热地说笑。

这顿饭、这个情景让我几十年后依然难以忘怀。

我吃着饭，想起了关于同桌妈妈的传说，心里也更痛恨这个舍弃夫妻之情和母子亲情，自私地追求自己快乐的妈妈来。

时光荏苒，二十年过去了，我突然听到了关于同桌妈妈的另一个版本，它打碎了我根深蒂固的想法，让我开始重新思考人生和人性。

二

年纪越大，越愿意回忆起过去的生活，在回忆中体验生命的快乐，是人性的共同特点。

由于同学之间曾经有过共同的学习和生活经历，所以到了谦虚难以使人进步，骄傲也不能使人落后的年纪，回忆过去的学习时光，就成了同学相聚时谈论最多的内容。

今年的暑假，张同学从大城市来到长春避暑。多年没见，话题当然是回忆。搜肠刮肚地把同学挨个回忆一遍，自然也少不了我的同桌。

张同学告诉我，同桌复读之后考上一所中专，毕业回到县里工作。由于他经常做些与众不同的事情来，在领导和同事们的心目中是一个小错误不断大错误也犯的刺儿头，所以工作上始终不如意。

“这是典型的单亲家庭长大的孩子玩世不恭的心态，一定和他小的时候失去了妈妈的照顾有关。他的妈妈不但破坏了家庭，也给孩子带来一生的痛苦。”我说。

“你听到的都是错误的一面之词，其实你同桌的妈妈可不是那样的人，没有比她更可怜的人了。”张同学反驳地说，接着便讲述了同桌妈妈异乎寻常的经历。

我听到的传说有一点是真实的，就是同桌的妈妈是县城里最美貌的女人，而正是因为美貌给她带来了无限的烦恼和痛苦。

同桌的爸爸是那种极端不自信的男人。这种人越身处逆境，越惧怕亲人朋友对自己的背叛。

夫妻并肩走在大街上，行人多看妻子一眼，丈夫都觉得像有芒刺扎在后背上，让他浑身不自在。如果妻子碰见异性的同事或者熟人，热情地打声招呼，丈夫虽然不动声色，却默默记在心里，回家之后便开始对妻子拳脚相加。

这种打骂开始的时候是恐吓性的，慢慢变成了惩罚性的，最后就发展成了习惯性的，常常是一句话、一个动作都会让妻子遭到猛烈而不顾脑袋屁股的暴打。一天没有出手，丈夫就像瘾君子没有嗅到大烟的味道一样浑身不自在。同事们也几乎每天都能看到美人脸上头上脖子上胳膊上的新伤。看得很多人于心不忍，碰面时都不敢向她身体的每个部位注目。

怕被丈夫活活打死，妻子终于有一天下班的时候没有回家，而是跟厂里一个来领退休金的老太太去了她家。

老太太的家里惨不忍睹：六七平方米的小平房里火炕占了一大半，老头子常年瘫痪在炕上。炕小得住不下三个人，老太太便抱来两段圆木，上面铺上木板，再铺上稻草，整个屋地变成了临时的床铺。

同桌的爸爸知道妻子住在老太太家里，一不来找，二不离婚，三是不准回家看孩子。而是依靠领导的权力告诉厂里，妻子的工资不准交给本人，必须按时交到他的手上。当时的工人除了工资之外，再没有任何的收入。这样，同桌妈妈就身无分文，而老太太依靠一个人的退休金，根本无法省出一个人的饭钱；再者说，即使有钱，在那个年代也无法买到粮食。

张同学家是老太太的邻居。他的妈妈看在眼里，疼在心上，她常常给同桌妈妈送上饼子豆包让她充饥，每逢星期天还把她请到家里吃顿饭。

人逢劫难才会体会人间的冷暖，同桌妈妈感激之余没有任何作为回报，她认张同学的妈妈为干妈。在她心目中，这是让自己再生的亲妈。

每家都难以承担一个外人长期的饭食。被逼无奈的同桌妈妈去丈夫的单位摊牌，如果不同意离婚就向领导揭发家庭暴力。当官的都是对下硬对上软，这招法立见奇效，婚离成了！

三

娘家电报拍到厂里：母逝速归。借点儿路费，同桌妈妈一刻没停地回北京奔丧。

回来的时候她告诉干妈，母亲丧期里嫁到西安的姐姐给她说媒，男方是她们厂里的一个老光棍儿，因为工伤缺只胳膊。

工伤光荣，政府照顾，同桌妈妈的工作关系、粮食关系办得十分顺利，不出一个月就上了火车。无论怎么商量哀求，她也没能满足见见一双儿女的愿望，只好在火车上用整整一路的眼泪把心结慢慢润开。

一个月一封信给干妈，之后逐步递减。信中先是报平安，接着讲述让东北人开眼界的西北风情，最后一定是对儿女牵肠挂肚的思念。干妈先是去幼儿园，接着是上小学，再后来又到中学去打听孩子的情况，把得到的零碎消息告诉同桌的妈妈。她知道这些内容对一个妈妈来说是多么大的心灵慰藉，因为她也是妈妈。

一年春节将至的时候，干妈接到一个从西安寄来的邮包，里面是一件蓝色的毛衣，一件红色的毛衣；还有一副蓝色的手套，一副红色的手套。干妈流泪了：这是同桌妈妈想象着十年未曾见上一面的孩子的身高来一针针织出来的，里面全是对孩子的爱，全是对孩子的想念。

去同桌家回来，干妈把包裹摔在炕上，半天不说话，只是喘着粗气。

平静一会儿才告诉家人，同桌爸爸不动声色地让干妈自己把东西交给孩子。而孩子听说是妈妈邮来的衣服，异口同声地说不要坏女人的东西，甚至把衣服塞到干妈怀里，二人合力把她推出房门。

在当时的年代，两件毛衣是很值钱的，它们要花去一名工人半个月的工资。邮回去怕伤了对方的心，不邮回去自己又不好处理。思来想去，干妈还是把邮包寄了回去，带张纸条说孩子家搬走了，没找到。

再也没收到来信，干妈心里发毛，主动向西安写了封信询问。信是同桌妈妈的丈夫回的：因为精神不太正常，同桌妈妈暂时住进了精神病院。

又过了两年，那位丈夫又来信了，同桌妈妈去世了。

可怜的女人永远地走了，她带走了痛苦、内疚、思念。但有一件是她无法带走了，那就是一双儿女对她刻骨铭心的仇恨。

她带不走，她的孩子们也带不走。